흑제

오렌 퓨전 판타지 장편소설

FUSION FANTASY STORY & ADVENTURE

10

dream
books
드림북스

흑제 10

초판 1쇄 인쇄 / 2013년 10월 31일
초판 1쇄 발행 / 2013년 11월 5일

지은이 / 오렌

발행인 / 오영배
책임편집 / 편집부
펴낸 곳 / (주)삼양출판사 · 드림북스

주소 / 서울특별시 강북구 솔샘로67길 92
대표 전화 / 02-980-2112 팩스 / 02-983-0660
편집부 전화 / 02-980-2116 팩스 / 02-983-8201
블로그 / blog.naver.com/dreambookss

등록번호 / 제9-00046호
등록일자 / 1999년 3월 11일

ⓒ 오렌, 2013

값 8,000원

(주)삼양출판사 · 드림북스의 서면 허락 없이는 어떠한
형태나 수단으로도 이 책의 내용을 이용하지 못합니다.

ISBN 978-89-542-5395-6 (04810) / 978-89-542-5095-5 (세트)

* 지은이와 협의하에 인지는 생략합니다.
* 잘못된 책은 구입한 곳에서 바꾸어 드립니다.

이 도서의 국립중앙도서관 출판시도서목록(CIP)은 서지정보유통지원시스홈페이지(http://
seoji.nl.go.kr)와 국가자료공동목록시스템(http://www.nl.go.kr/kolisnet)에서 이용하실 수
있습니다. (CIP제어번호: 2013022149)

DARK EMPEROR
흑제
오렌 퓨전 판타지 장편소설
10
FUSION FANTASY STORY & ADVENTURE
dream books
드림북스

DARK EMPEROR

흑제

Contents

Chapter 1

누나와 용돈

　차원의 바다에서는 해가 뜨거나 지는 일이 없기에 주야
로 바뀌는 시간의 흐름은 전혀 느껴지지 않는다. 당연히 도
시 시난에서도 낮과 밤의 구분은 없다.

　그래도 시간의 단위는 존재한다.

　1디에스.

　이는 항구에 정박한 배들의 정박료가 부과되는 시간이
며, 동시에 도시에 위치한 각종 숙박 시설에서 일박의 기준
이 되는 시간이기도 하다. 이로이다 대륙의 시간으로 따지
면 그 1디에스가 대략 열흘 정도의 기간이다.

　무혼은 시난의 거래소에서 마왕 유레아즈가 속한 마계의

좌표 지도를 구입했는데, 유레아즈가 시난 항의 특상급 단골이라는 것이 문제였다.

오르덴들이 특상급 단골을 배려하여 누군가 그 단골이 지배하는 영역의 좌표 지도를 구입하면 그 사실을 통보해준다고 했기 때문이다.

무혼이 볼 때 오르덴들은 참으로 특이한 이들이었다. 이 방대한 차원의 바다 곳곳에 수많은 항구와 도시를 만들어두고 베카와 가디라 불리는 돈을 벌고 있으니 말이다.

놀랍게도 각각의 오르덴들은 마왕이나 정령왕은커녕 마족이나 드래곤들보다도 훨씬 약하면서도 차원의 바다에서 그 누구도 건드릴 수 없는 강력한 세력을 구축하고 있었다.

그 이유는 그들의 숫자가 엄청나게 많기 때문인가? 그것이 아니라면 무엇 때문일까? 아니, 대체 그러한 오르덴들은 어디서 생겨난 것일까? 그들은 왜 그렇게 돈을 좋아하는가?

그러나 사실 그러한 의문은 불필요한 것이었다. 무혼 자신도 인간이면서 인간이란 존재가 대체 어디서 왔는지, 그리고 드래곤이나 정령 혹은 마왕 같은 이들이 어디서 왔는지 알지 못하지 않은가.

또한 하나의 세계 밖에 차원의 바다라는 것이 존재하는 것도, 용자라는 자들이 각각의 세계를 수호하고 있다는 것들도 모두가 상식적인 생각으로는 이해하기 힘든 신비로운 일들이었다.

이유는 모른다. 뭐든 존재하니까 그 자리에 있는 것이다. 존재하지 않는다면 있지도 않을 테니까.

무혼은 불필요한 의문을 가지기보다 그냥 자신의 갈 길을 가기로 했다. 오르덴들은 오르덴들의 길을, 무혼은 무혼의 길을 가면 되는 것이다.

그렇게 생각해 보니 차원의 바다에 오르덴들이 존재하는 것이 마치 숲에 나무가 존재하거나 강물에 물고기들이 존재하는 것처럼 자연스러워 보이기도 했다.

어쨌든 이 돈독에 오른 특이한 오르덴들은 마왕이라 해도 자신들과의 거래 실적이 좋으면, 사실상 돈만 많으면 특급 단골로 대우해 준다고 했다.

그렇다면 어지간한 마왕들은 다 특급 단골일 수밖에 없을 것이다. 마왕치고 돈 없는 녀석들은 거의 없을 테니까.

당연히 유레아즈는 오르덴들이 굽실거릴 만한 특상급 단골이었고, 그로 인해 무혼이 유레아즈가 속한 마계의 좌표 항로 지도를 구입한 사실이 즉시 유레아즈에게 알려지게 될 상황이었다.

그러나 불행 중 다행인지 시난 항의 거래사 니클은 무혼이 3백 베카를 지불하면 그 통보 시기를 1디에스 정도 미뤄

준다고 했다.

그것은 돈을 워낙 좋아하는 오르덴들이 만든 일종의 룰인 듯했다. 이럴 때 돈이 없으면 참 서럽겠지만, 천만다행히 마족의 뿔을 대거 처분해 많은 돈을 번 무혼은 흔쾌히 3백 베카를 지불하고 1디에스의 시간을 벌었다.

그 이유는 푸르카로 하여금 마왕의 딸 리디아에게 복수를 할 기회를 주기 위함이었다. 과연 사흘 후 이로이다 호가 출항을 할 때 리디아가 뒤따라올지는 여전히 미지수였지만, 일단 미끼는 던져둔 상태였다.

그런데 무혼은 거래소의 일을 마치고 나오자마자 물의 정령왕 슈이와 마주치고 말았다. 본래라면 리디아 패거리의 이목에 걸려들지 않도록 은신 상태로 수련이나 할까 했는데, 거래소에서 나와 미처 은신을 하기도 전에 슈이가 무혼을 발견한 것이었다.

슈이는 무혼을 쳐다보며 의외라는 듯 눈을 동그랗게 떴다. 그녀는 곧바로 무혼을 노려보며 말했다.

"그대는 내가 속히 그대의 세계로 돌아가라고 그토록 당부했건만 아직도 정신을 못 차렸나 보군."

"정신을 못 차렸다기보다는 이곳에 볼일이 있어서 온 것이오."

"무슨 볼일?"

"개인적인 일이니 신경 쓰지 마시오."

무혼이 다소 귀찮다는 듯 인상을 살짝 찌푸리자 슈이는 멍한 표정을 지었다. 정말로 겁이 없어도 어느 정도지, 풋내기 용자 주제에 물의 정령왕인 그녀를 지나가는 잡상인 취급하고 있으니 어찌 기막히지 않을 수 있겠는가.

슈이는 팔짱을 끼고는 무혼을 못마땅한 표정으로 노려봤다.

"어떤 볼일이 있는지 모르지만 여긴 베카가 두둑하지 않으면 정말로 비참한 곳이지. 베카도 없이 이런 곳에 오면 초라해질 뿐이야."

"나도 베카는 좀 있소."

라고 말을 하려 했지만, 무혼이 그 말을 하기도 전에 슈이가 불쑥 다시 물었다.

"흠, 그럴 리는 없겠지만 혹시 어디서 차원의 돌이라도 하나 주운 거야?"

"그런 것은 아직 주운 적 없소."

"앞으로 혹시라도 그런 걸 줍는다 해도 잘 아껴둬. 이런 데서 도박이나 향락으로 탕진하면 나중에 반드시 후회하게 될 거야. 그러다 망한 용자들이 한둘이 아니거든."

시난에서 도박이나 향락에 빠지다 망한 용자들도 있다는 말인가. 대체 어떤 정신 나간 용자들이 그런 얼빠진 짓을 했는지는 모르겠지만 무혼으로서는 이해하기 힘든 일이었다.

"충고 고맙소만 나는 그럴 일이 없으니 염려 마시오."

"꽤 자신감이 넘치는군. 그래도 그 모습이 보기 싫지는 않아."

"다른 볼일이 없으면 이만 가보겠소."

그러자 슈이가 고개를 갸웃했다.

"뭘 그리 바쁜 척을 하는 거지?"

"그런 것도 말해야 되는 것이오?"

"아니. 굳이 말할 필요는 없어. 그보다 보통 다른 용자들이라면 나와 어떻게든 친분을 유지해 두려고 기를 쓰는데, 그대는 다르구나."

"당신과 친분을 쌓으면 뭐 좋은 것이 있소?"

슈이가 인상을 찌푸렸다.

"그걸 몰라서 묻는 건가?"

"그렇소."

"나의 성질을 아는 마왕들이라면 나와 친분이 있는 용자를 핍박하는 바보짓은 하지 않겠지. 적어도 이 아르아브 해역에서는 말이야."

"그러니까 당신은 용자들의 뒤를 봐주고 있다는 것이오?"

그러자 슈이는 싸늘히 고개를 흔들었다.

"내가 그렇다는 게 아니라 나와 어떻게든 친분을 쌓으려고 하는 용자들이 그런 목적을 가지고 있다는 걸 말해 주는 거야."

"나는 그런 목적이 없으니 염려 마시오."

"그러니까 그게 이상하다는 거야. 대체 그대는 뭘 믿고 그리 당당한 거지? 아무리 봐도 대단치 않아 보이는 평범한 수준의 실력인데 말이야."

무혼은 슈이가 자신의 기세를 샅샅이 훑어보고 있다는 사실을 알고 있었지만 짐짓 모른 체했다.

"나의 실력이야 별 볼 일 없지만 그렇다고 꼭 기죽어 살 것까지는 없지 않겠소?"

"물론 당연히 그럴 필요는 없어. 그런데 대부분 실력이 별 볼 일 없으면 기가 팍 죽어 있곤 하던걸?"

"그들은 그들이고 나는 나요. 당신은 혹시 내가 당신 앞에서 기가 죽어 있기를 바라고 있소?"

슈이가 호호 웃었다.

"그건 아니야. 난 내 앞에서 이토록 당당한 용자를 본 적이 거의 없어. 아까 해상에서 봤을 때도 그랬지만 그대는 정말 특이하구나."

"칭찬으로 듣겠소."

"당연히 칭찬 맞아. 그래서 하는 말인데 그대는 혹시 나와 친분을 나눌 생각이 없나?"

"친분이라? 그게 무슨 뜻이오?"

무혼은 어리둥절한 표정을 지었다.

"어렵게 생각할 것 없어. 말 그대로 사심 없는 친분을 쌓고 싶다는 것뿐이니까."

"혹시 내 뒤를 봐주겠다는 것이오?"

"난 귀찮은 일은 딱 질색이야. 하지만 그대의 뒤에 내가 있다는 소문 정도는 퍼뜨려 줄 수 있어. 그것만으로도 어지간한 마왕들은 얼씬도 하지 못할 거야."

그러니까 적당히 자신이 배후에 있다는 소문은 퍼뜨려 줄 수 있지만 그렇다고 해서 무혼이 위기에 처했을 때 그녀가 직접 나서서 도와주는 일까지는 하지 않겠다는 말이었다.

그러나 그런 소문만으로도 무혼과 이로이다 대륙은 상당히 안전해질 것이다. 물의 정령왕 슈이를 우습게 볼 만큼 강력한 존재들이라면 모르겠지만, 어지간한 마왕들은 얼씬도 하지 않을 것이 분명하니까.

이는 용자인 무혼에게 있어 솔깃한 제의였다. 무혼 혼자라면 상관없지만, 무혼은 이로이다 대륙의 수호 용자로서 그 세계를 지켜야 하는 막중한 임무를 지니고 있지 않은가.

만일 무혼이 물의 정령왕 슈이와 친분을 가지게 되면 이로이다 대륙은 어느 정도 안전해질 것이다. 무혼으로서는 거절할 이유가 없었다. 아무리 무혼이 슈이의 도움이 필요 없을 만큼 강하다 해도 말이다.

　"왜 내게 그런 친절을 베풀려는 것이오?"

　"그냥. 특별한 이유는 없어. 굳이 이유를 말하자면 자신 있고 당당한 용자의 모습을 계속 보고 싶다는 것 정도? 이를테면 친구처럼 지내자는 거지. 친구 말이야. 어떻게 생각해?"

　그 말에 무혼은 씩 미소를 지었다.

　"친구라면 얼마든지 환영이오."

　"사양할 줄 알았는데 의외네."

　"사양할 이유가 없지 않소? 내게는 매우 솔깃한 제의였소."

　"호호! 솔직한 것도 마음에 드는군. 앞으로 잘 부탁해, 무혼."

　슈이가 한 손을 내밀었다. 무혼은 그녀의 손을 맞잡으며 말했다.

　"나야말로 잘 부탁한다, 슈이."

　"……?"

　슈이의 두 눈이 커졌다. 아무리 친구가 되었다지만 정령왕인 그녀를 향해 대뜸 반말을 할 줄이야.

그런데 사실 무혼은 그렇게 해야 그녀가 좋아할 것이라는 생각에 짐짓 어색함을 참으며 반말을 한 것이었다. 일전에 드래곤들을 친구 삼았던 경험 때문이다.

그러나 드래곤과 정령왕은 다르다. 또한 같은 정령왕들끼리도 성격과 기질이 천차만별이다. 더군다나 슈이는 정령왕들 중에서도 유독 독특한 성격을 가지고 있었다.

그녀는 무혼을 차갑게 노려보며 말했다.

"흥! 이봐? 난 정령왕이야. 인간의 시간으로 치면 수만 년도 전부터 존재해 왔지. 아무리 친구라 하지만 반말은 좀 그렇지 않니?"

무혼은 머쓱한 표정을 지었다. 왠지 스스로 생각해 봐도 참으로 어이없는 행동을 한 것 같기도 했다. 이게 다 드래곤 친구들 때문이다.

"결례였다면 용서하시오. 친구라고 하니 그게 좋을 것 같아서 해 본 말이었소."

"하긴, 역시 친구는 좀 곤란하겠어."

정령왕의 변덕인 것일까? 아까는 친구를 하자고 하더니, 금방 말을 바꿀 줄이야.

"곤란하다면 어쩔 수 없는 일이오."

무혼은 고개를 끄덕였다. 친구가 되기 싫다는데 무혼이

굳이 매달릴 이유는 없었다. 그러나 슈이의 의도는 그것이
아니었다.

"흠! 이게 좋겠어. 앞으로 날 슈이 누나라고 불러. 나이
로 보면 그게 적당할 것 같구나."

무혼은 멍해졌다.

"누님이라고 말이오?"

슈이가 인상을 찌푸렸다.

"고리타분하게 누님은 무슨. 그냥 누나라고 해."

"뭐 좋소."

이로써 나이가 무려 수만 년이나 많은 물의 정령왕과 누
나 동생하는 사이가 된 무혼이었다.

'누나라?'

그러고 보면 무혼이 살면서 누나라고 부를 대상을 가져
본 적은 이번이 처음이다. 수만 년도 넘게 살았다는 정령왕
슈이가 바로 그 대상이라는 것이 왠지 엉뚱하긴 했지만.

"자, 이걸 받아."

그때 슈이가 무혼에게 푸른 여인 형상의 작은 인형 하나
와 푸른빛의 삼각 조각 1개를 건넸다. 삼각 조각에는 100
이라는 숫자가 적혀 있었다.

인형 하나와 1백 베카. 돈을 주는 것도 황당하지만 인형
은 또 뭔가?

"이것들을 왜 내게 주는 것이오?"

무혼이 묻자 슈이가 오른손을 들어 한쪽을 가리켰다.

"저쪽으로 쭉 가면 도시 외곽에 자그만 삼각 모양의 건물이 보일 거야. 겉은 별 볼 일 없어 보이지만 그곳 지하에는 시난의 비밀 도서관이 있단다."

"비밀 도서관?"

"그 인형을 내보이면 들어갈 수 있게 해줄 거야. 100베카 정도면 비밀 도서관에 몇 번 들어갈 수 있을 테니 들어가서 차원의 서를 읽어봐."

슈이는 빙긋 웃으며 말을 이었다.

"그 책들을 읽어 보면 앞으로 네가 살아가는 데 많은 도움이 될 거야. 이 험한 차원의 바다에서 살아남으려면 그에 대한 지식이 반드시 필요하거든."

"고맙소. 하지만 돈은 내게도 많이 있으니……."

라고 말하며 베카를 돌려주려 했지만 슈이는 무혼이 그런 말을 할 틈도 주지 않고 돌아섰다.

"호호, 누나가 주는 용돈이라 생각하고 부담 갖지 마. 또 피라타 녀석 하나가 설친다고 하니 난 이만 가 봐야겠다. 꽤 멀리까지 가야 해서 서둘러야 해. 그나저나 또 볼 수 있을지 모르겠구나. 부디 꼭 강하게 살아남아서 이 누나를 놀라게 해주렴, 호호호."

그 말을 끝으로 슈이는 어디론가 사라져 버렸다. 무혼은 잠시 멍한 표정으로 손에 받아 쥔 푸른 여인 인형과 1백 베카를 만지작거렸다.

'용돈······이라고?'

무혼이 세상에 태어나 처음 받아 보는 용돈이었다. 어쩌면 동정이었는지 모르겠지만, 적어도 그녀의 눈빛에 다른 사심은 없어 보였다. 그녀의 눈빛에 뭔가 다른 속셈이 있었다면 무혼이 벌써 그것을 간파했을 테니까.

정령왕 누나가 생겼다. 그리고 용돈도 받았다. 무혼은 잠깐 사이에 인생에서 처음인 것을 두 개나 경험했다.

'뭐, 그리 나쁜 기분은 아니로군.'

무혼의 입가에 잔잔한 미소가 맺혔다. 곧바로 그의 신형이 흐릿해지더니 빠른 속도로 이동했다. 그가 향하는 곳은 시난의 외곽에 위치한 삼각 건물이었다.

'저기가 비밀 도서관인가?'

그렇지 않아도 무혼은 이 생소한 차원의 바다에 대한 지식이 필요하던 터였다. 시난에 그러한 지식들을 얻을 수 있는 비밀 도서관이 존재할 줄이야.

무혼이 입구에 들어가서 모습을 드러내자 두툼한 뿔테 안경을 쓰고 있는 오르덴 사서 청년이 냉랭한 표정으로 쳐다봤다.

"이곳에는 왜 왔소?"

왜 왔냐고 묻다니. 이는 절대로 손님을 향한 말투가 아니었다. 그만큼 폐쇄된 공간이기 때문이리라. 무혼은 담담히 대답했다.

"지하 비밀 도서관을 이용하려고 왔소."

그러자 청년이 깜짝 놀라며 무혼을 뚫어져라 쳐다봤다. 이 건물의 지하에 비밀 도서관이 있다는 사실은 특상급 단골들만 알고 있는 비밀이었다. 청년의 표정은 이내 정중하게 변했다.

"이곳은 소수의 선택된 분들과 그분들이 지정한 분들만 입장이 가능하십니다. 증표가 있다면 보여주십시오."

무혼은 슈이에게서 받은 푸른 여인 인형을 보여 주었다. 그러자 청년의 표정이 더욱 정중하게 변했다.

"오! 물의 정령왕 베나토르 슈이님의 증표가 분명하군요. 그렇다면 입장이 가능하십니다. 입장료는 1디에스당 20베카입니다."

도서관 이용도 시간제한이 있나 보다. 그래도 1디에스라면 이로이다 대륙으로 열흘 정도의 기간이니 무혼은 한동안 마음껏 도서관의 책들을 살펴볼 수 있을 듯했다.

'과연 어떤 책들이 있기에 슈이 누나가 읽어 보라고 적극 권장을 했는지 궁금하구나.'

새로운 지식을 접하는 것처럼 흥미진진한 일이 또 어디 있겠는가. 지하 계단을 따라 내려가는 무혼의 두 눈은 호기심으로 번쩍거리고 있었다.

한편 그사이 리디아는 마치 푸르카에게 보란 듯 시난에서 가장 화려한 여관으로 들어가 사티스와 농밀한 연애를 즐기고 있었고, 푸르카는 그 여관이 위치한 어둑한 뒷골목의 벤치에 앉아 한없는 복수심을 불태우고 있었다.

가증스럽게도 리디아는 일부러 갖가지 낯 뜨거운 교성을 질러대며 그 소리들을 그대로 뒷골목으로 흘려보냈다. 그것은 명백한 도발이었고 조롱이었다.

'큭! 기분 참 엿 같군.'

푸르카는 비통하고 참담한 기분을 금치 못했다. 리디아는 마왕의 딸답게 누군가를 조롱하고 염장을 지르는 데 있어서도 아주 탁월한 솜씨를 지니고 있었다.

그러나 푸르카 역시 만만치 않은 존재였다. 그는 사실 일부러 그녀의 조롱을 받아 주고 있었다. 그래야 자신이 최대로 분노할 것이니까.

'오냐. 네가 그렇게 나와야 널 죽이는 데 아무런 미련이 없지 않겠느냐? 물론 이미 미련 따위는 없지만 말이야.'

그렇게 복수심을 불태우고 있는 푸르카와 달리 포르티와

아그노스는 시난의 거리를 어슬렁거리고 있었다.

처음에는 거리 곳곳에 강자들만 우글거리고 있어 다소 위축되긴 했지만, 도시의 분쟁 금지 방침으로 인해 적어도 이 도시에서는 그들 중 누구도 두려워할 일이 없다는 것을 깨닫게 되자 포르티 등은 움츠러든 가슴을 활짝 펴고 거리를 누볐다.

그러나 이내 그들은 심각한 문제에 봉착했다. 겉으로는 자유로워 보이고 안전해 보이는 시난에서는 베카라 불리는 돈이 없으면 아무것도 할 수 없는 것이었다.

화려한 유흥가가 보이기에 호기심이 생겨 구경이나 해 보려 했지만, 입장료가 없으면 들어갈 수 없었다. 술집도 아니고 유흥가를 들어가는 데도 입장료를 받다니 어이가 없었지만, 그것이 오르덴들의 방침이라니 어쩌겠는가.

결국 포르티와 아그노스는 무혼처럼 거래소를 찾아 들어가 물건을 처분하기로 했다. 그러나 아쉽게도 그들이 가진 물건 중 베카로 바꿀 만한 것들은 없었다.

차원의 돌이나 불의 정화, 마족의 뿔. 이렇게 세 종류만 베카로 바꿔 준다고 하는데 그들은 그것들 중 어느 것도 가지고 있는 것이 없었으니까.

"이것 참! 어떻게 돈으로 바꿀 수 있는 게 아무것도 없을 수가 있지?"

포르티가 투덜거렸다. 아그노스도 푸념하며 말했다.

"아공간에 쌓인 보물들이 쓰레기처럼 보이는 건 처음이야."

"이로이다 대륙에서는 보물일지 몰라도 여기서는 다 쓰레기 더미일 뿐이다. 제길! 살다 살다 내가 거지가 되어 보긴 처음이군."

"거지?"

"돈 없으면 거지 아니냐?"

"돈 없다고 무조건 거지는 아니지. 구걸을 해야 거지라고 할 수 있는 거야. 설마 구걸이라도 할 셈이야?"

"흠, 구걸이라."

드래곤의 자존심이 있지 차마 그런 짓을 할 수는 없었다. 포르티는 한숨을 내쉬었다.

"이럴 줄 알았으면 마족의 뿔이나 몇 개 주워 놓을 걸 그랬군."

사실 포르티는 살면서 마족의 뿔을 획득할 만한 기회가 꽤 있었지만 챙겨 두지 않았다. 설마 그런 것이 돈이 되리라고 어찌 생각했겠는가? 이런 걸 보면 뭐든 버리지 말고 놔두면 쓸 데가 꼭 있다는 말이 틀린 말은 아닌 듯싶었다.

아그노스가 문득 물었다.

"마족의 뿔? 그거 무혼에게는 제법 있을 텐데. 무혼은 대체 어디 갔지?"

"모르지. 그 녀석 혼자만 좋은 데 가서 놀고 있는 거 아닌지 몰라."

포르티와 아그노스는 두리번거리며 무혼을 찾았다. 무혼만 찾으면 이 궁색한 처지에서 벗어날 수 있으리란 기대 때문이었다.

물론 드래곤 로드인 푸르카는 마족의 뿔이나 혹은 차원의 돌 같은 것을 제법 가지고 있겠지만, 어둑한 벤치에 앉아 리디아에 대한 복수심에 불타고 있는 그에게 공연히 말을 붙여 봤자 좋은 소리를 듣지 못할 것을 포르티 등이 모를 리 없었다.

"아무리 찾아도 안 보인다."

"딱 보면 모르겠니? 일부러 숨은 거라고."

"뭐, 대충 예상은 하고 있다. 아무리 그래도 그렇지. 베카라도 좀 쥐여 주고 갈 것이지 말이야."

무혼이 아무런 말도 안 했지만 그가 왜 갑자기 종적을 감췄는지 포르티 등은 이미 대략 눈치채고 있었다. 그래도 혹시나 싶어 찾아 봤을 뿐이다.

그때 포르티가 잠시 뭔가를 고민하는 듯하더니 아공간에서 큼직한 테이블을 하나 꺼냈다.

"내가 웬만하면 이러고 싶지 않았지만 어쩔 수 없구나."

그 말과 함께 그는 테이블 위에 갖가지 보물들을 잔뜩 꺼내 진열해 놓았다. 마정석과 정령석, 그리고 온갖 마법들이 깃든 무구들, 반짝이는 보석들이 테이블 위에 가지런히 놓였다.

그것을 본 아그노스가 물었다.

"뭐하려는 거야?"

"보면 모르겠냐? 장사라도 해서 베카를 벌어야지. 오르덴들은 이것들이 필요 없겠지만, 이곳 도시를 방문한 여행자들 중에는 분명 이것들을 사려는 자들이 있을 거야."

아그노스의 두 눈이 커졌다.

"그러니까 베카를 받고 팔겠다 이거구나?"

"흐흐! 적당히 이곳에서 놀 수 있을 만큼만 돈을 버는 거다."

"호호! 그거 괜찮은 생각인 걸? 나도 해야겠어."

아그노스도 아공간에서 큼직한 테이블을 꺼낸 후 그녀의 보물 중 제법 쓸만한 것들을 보기 좋게 진열해 놓았다.

"우하하하! 이로이다 대륙의 드래곤이 만든 마법검 팔아요! 마정석과 정령석도 있습니다! 와서 구경들 하십시오! 대량 구매시 할인해 드립니다."

"호호! 최상급 마법이 깃든 로브 세트 팔아요. 마법 시전 시 마나 소모를 대폭 줄여 주는 스태프도 있어요. 저렴하게 줄 테니 와서 보고 가세요."

포르티와 아그노스는 광장에서 크게 외치며 호객 행위를
했다. 그러자 가장 먼저 그들에게 다가온 이는 근처를 지나
던 작달막한 키의 오르덴 노인이었다.

"시난에서 노점을 하는 것은 자유요. 하지만 판매 금액
의 삼 할을 세금으로 납부해야 하는 것을 잊지 마시오."

그 말에 포르티 등은 어이가 없었다. 순이익도 아닌 판매
금액에서 삼 할을 세금으로 내라니. 이건 해도 너무하는 횡
포가 아닌가?

"아무리 그래도 판매 금액의 삼 할은 너무하지 않소? 누
군 땅 파서 장사하는 줄 아오?"

포르티가 언성을 높였지만 오르덴은 눈 하나 깜빡하지
않았다. 이런 일이 많이 있었던지 그는 오히려 여유롭게 미
소까지 지으며 친절하게 그 이유를 설명해 주었다.

"허허! 세금을 줄이고 싶다면 정식으로 허가를 받으시
오. 오르덴에서는 정식 등록을 한 머천트에게는 세금을 판
매 금액의 오 푼만 받고 있소."

"등록은 어떻게 하는 거요?"

"머천트 등록비 100베카만 내면 되오. 그리고 점포를 얻
고 싶다면 건물주를 찾아가 임차하면 되는데 못해도 보증
금으로 5백 베카는 있어야 손바닥만 한 점포라도 얻을 수

있을 것이오."

그 말에 포르티와 아그노스는 한숨을 내쉬며 고개를 끄덕였다. 그들에게 머천트 등록비인 100베카가 있었다면 노점을 차리지도 않았을 것이다.

"그럼 어쩔 수 없지. 판매 금액의 삼 할을 낼 테니 영업 방해하지 말고 가시오."

그러자 오르덴 노인이 포르티와 아그노스가 진열해 놓은 물건들을 슥 훑어보더니 인상을 찌푸리며 고개를 흔들었다.

"쯧쯧! 내 장담하는데 이것들은 아무도 안 살 것이오."

"무슨 소리? 인간들 중 황제라 해도 이것들을 보면 눈이 뒤집힐 것인데 왜 안 산다는 거요?"

오르덴 노인이 수염을 쓸면서 대답했다.

"허허! 생각해 보시오. 여길 방문할 정도의 능력을 지닌 여행자들의 아공간에 이만한 물건들이 없을 것 같소? 설령 관심이 있다고 해도 베카로 바꾸려는 자들은 거의 없을 것이오. 이런 보물들은 어디서든 쉽게 구하지만, 베카와 가디는 그럴 수가 없지 않소?"

그 말에 포르티와 아그노스는 실망을 금치 못했다. 오르덴 노인의 말이 사실이라면 그들은 쓸모없는 헛짓을 하고 있는 것이었다.

그래도 혹시나 싶어 그들은 오르덴 노인의 말을 무시하고 열심히 영업 활동을 벌였다. 한참을 떠들었지만 지나가는 여행자들 중 누구도 그들의 물건에 관심을 기울이지 않았다.

간혹 와서 테이블 위에 진열된 물건들을 살피는 이들도 있었지만 모두들 코웃음만 칠 뿐 그냥 지나가 버렸다.

"젠장! 아무래도 안 되겠어. 때려치워야겠군."

그러자 오르덴 노인이 팔짱을 낀 채 포르티를 노려봤다.

"흐음! 고작 그것 해 보고 집어치운다는 말이오?"

"그럼 안 팔리는데 어쩌란 말이오? 제길! 차라리 어디가서 마족이나 죽이고 뿔을 뽑아오는 게 낫지."

포르티의 말에 아그노스도 동조했다.

"맞아. 차라리 마족 사냥이나 하고 오는 게 돈 버는 건 빠를 거야."

마족 사냥이라는 말에 오르덴 노인의 눈빛이 일순 사납게 변했다. 그러나 그는 이내 눈빛을 부드럽게 하며 고개를 흔들었다.

"너무들 쉽게 포기하는군. 하지만 마족의 뿔이나 불의 정화, 차원의 돌이 아니고도 베카를 버는 방법은 무수히 많소이다. 그렇지 않으면 누가 점포를 임차해서 머천트가 되려 하겠소?"

포르티 등의 눈이 커졌다.

"그래요?"

"어떤 방법인데요?"

오르덴 노인은 의미심장하게 웃으며 대답했다.

"그걸 가능케 하는 것이 바로 머천트의 감각이오. 이 차원의 바다에서 거부가 되느냐 마느냐 하는 것도 다 그것에 달려 있소."

"머천트의 감각?"

"느낌이 오는 것이 있다면 과감히 해 보시오. 그 느낌이 맞다면 머천트의 자질이 있는 것이고, 그 느낌이 없다면 아무리 발악을 해도 가난뱅이 신세를 벗어나지 못할 것이오."

마치 시험을 하는 것 같은 오르덴 노인의 말에 포르티 등은 은근히 자존심이 상했다. 다른 건 몰라도 돈독, 좋게 말해 돈에 대한 감각에 있어서는 드래곤이 결코 오르덴들에 뒤지지 않는다고 자부하는 그들이었다.

'크흐! 감히 나를 풋내기로 취급하는 건가.'

'흥! 이로이다 대륙 최고의 거상이며 대륙 최고 마탑의 탑주이기도 한 나를 물로 보고 있군.'

곧바로 그들은 그들이 가진 돈에 대한 초감각(?)을 발동시켰다. 웬만하면 점잖게 있으려 했지만 이 거만하고 건방진 오르덴 노인의 콧대를 눌러 주지 않으면 견디기 힘들 것 같았다.

'흠.'

자신의 아공간을 샅샅이 훑는 포르티의 두 눈이 햇살처럼 반짝였다. 그러다 어느 순간 그의 두 눈이 가늘어졌고, 그는 아공간 한쪽에 잔뜩 쌓인 서적들을 보며 눈을 번뜩였다.

'바로 저거다!'

그런데 공교롭게도 아그노스 역시 포르티와 같은 생각을 하고 있었다. 그녀는 이미 테이블 위에 있던 다른 보물들을 깨끗이 치워 버린 후 십여 권의 서적들을 꺼내 올려놓고 있었다.

Chapter 2

시난의 유흥가

"자, 무료함을 달래 줄 야한 애기들이 있습니다."

"호호! 움직이는 삽화가 있는 책도 있어요. 싸게 줄 테니 보고 가세요."

차원의 바다의 항구 도시 시난의 광장에서 야서를 팔고 있는 드래곤들. 그들은 다름 아닌 포르티와 아그노스였다.

야한 이야기라는 말에 지나가던 이들 중 일부가 관심을 보였다. 그러나 그들은 고개만 힐끗거릴 뿐 차마 다가와 책을 살펴보려 하지 않았다.

"왜들 오지 않는 거지?"

"그러게. 관심은 있어 보이는데 말이야."

흥미진진한 야서가 잔뜩 있다고 목이 터져라 외쳤지만 어떻게 된 일인지 누구 하나 선뜻 다가와 책을 사는 이가 없었다.

"쯧! 이 훤히 트인 광장에서 그런 민망한 야서를 팔고 있으니 누가 와서 사겠소? 관심이 있다고 해도 남 보기 쑥스러워서 차마 오지 못할 것이라는 생각은 안 해봤소?"

그 말에 포르티와 아그노스는 잠시 고민에 잠겼다. 오르덴 노인의 말이 틀리지 않았던 것이다. 곧바로 그들은 으슥한 뒷골목으로 자리를 옮겼다.

이곳은 광장과 달리 매우 한산하고 조용했으며, 지나가는 이들이 거의 없어서 누구라도 야서를 사는 데 있어 남의 눈을 의식하지 않아도 되는 장소였다.

그런데 또 문제가 발생했다. 이곳이 남의 눈을 의식하지 않을 만큼 으슥한 장소인 것은 맞지만, 그렇다 보니 지나가는 이들이 없었고, 손님은 더더욱 없었다.

"안 되겠어. 포르티, 네가 가서 손님을 데려와."

"그럴까?"

결국 포르티가 광장으로 나왔다. 그는 두리번거리다 혼자 다니는 이들에게 은근슬쩍 접근해 흥미진진한 빨간책이 있는데 사지 않겠냐고 물어봤다.

그것은 의외로 효과가 있었다. 그들은 처음에는 별 관심이 없는 척했지만, 포르티가 이로이다 대륙 정령의 숲에서 구한 희귀한 야서가 어쩌고, 움직이는 삽화가 어쩌고 하며 흥미를 돋우자 이내 관심을 보였다.

"이 책은 얼마요?"

퉁퉁한 체격의 청년이 정령 마님이 어쩌고 하는 책을 집어 들며 물었다. 두꺼운 렌즈의 안경을 쓰고 있는 그의 신분은 놀랍게도 용자의 기사라 했다. 포르티 등은 별로 용자의 기사답지 않은 청년의 외모에 잠시 멍해졌다.

"책 안 팔 거요? 그럼 그냥 가고."

청년이 인상을 찌푸리며 돌아서려 하자 포르티가 잽싸게 그의 팔을 잡았다.

"흐흐흐! 뭐든 권당 1베카요. 부담 없이 1베카. 결코 후회하지 않을 거요."

"호호! 1베카면 정말 싸게 사는 거예요. 세 권 사면 한권은 덤으로 드릴 수 있답니다."

그러자 청년은 3베카를 지불하고 3권의 야서를 샀다. 덤으로 1권을 더 받자 만면에 흡족한 미소를 지으며 사라졌다.

포르티 등은 환호했다.

"하하! 드디어 돈을 벌었다."

"역시 우리에게는 머천트 감각이 있는 게 분명해."

신이 난 그들은 계속해서 야서 장사를 했고, 어느덧 100
베카도 넘는 돈을 벌 수 있었다.

"호호! 세상에 돈 버는 것처럼 쉬운 게 없다니까."

"어떻소? 이 정도면 우리에게 머천트 감각이 있는 것 같
지 않소?"

포르티의 말에 오르덴 노인이 껄껄 웃으며 고개를 끄덕
였다.

"제법이오. 그 정도면 아주 훌륭한 머천트의 자질을 가
지고 있다고 볼 수 있소."

그러자 포르티는 오연히 웃으며 푸른빛의 세모 조각 32
개와 보라색의 네모 조각 20개를 오르덴 노인에게 건넸다.

"옜소. 삼 할 세금이오."

"오! 정확하군요. 허허! 그러면 나는 이만."

오르덴 노인은 32베카 20가디를 챙긴 후 유유히 사라졌
다. 그런데 아그노스가 돌연 안색을 싸늘히 굳혔다.

"이상한 녀석이야."

그러자 포르티도 큭 웃으며 대답했다.

"아주 이상한 놈이었지. 난 처음부터 놈이 사기꾼인 걸
눈치채고 있었다."

"그런데도 32베카를 건넨 거야?"

"내가 그런 바보짓을 할 것 같으냐?"

포르티는 104베카 60가디를 보여주며 히죽 웃었다. 그가 조금 전 오르덴 노인에게 건넨 것은 이로이다 대륙의 금화와 은화였다. 얼티메이트 일루전 마법을 펼쳐 그것을 베카와 가디처럼 착각하게 한 것이었다.

아그노스가 싱긋 웃었다.

"너 사기 수법이 점점 교묘해지는걸. 나도 일루전 마법인 줄 알아보지 못했잖아?"

"너조차 속일 정도는 되어야 그놈이 속지 않겠느냐?"

"하긴 그래. 그럼 우리도 사기를 친 건가?"

"크흐! 사기는 무슨. 그놈이야말로 처음부터 우릴 속이고 있었다고."

포르티의 말에 아그노스는 고개를 끄덕였다.

"딱 봐도 놈은 오르덴이 아닌 마족이었어. 마족이 광장에서 사기를 치고 있는데 오르덴들이 왜 내버려 두고 있는 걸까?"

"모르지. 아무튼 여긴 눈 감으면 코 베어 가는 곳이다. 직접적으로 치고받고 싸우지만 않으면 뒤로 무슨 짓을 해도 상관없는 곳인 게 분명해."

그런데 포르티가 그 말을 마치자마자 어디선가 음침한 음성이 들려왔다.

"크크크! 맞다. 여긴 눈 감으면 코 베어 가는 곳이란다.

그런데 감히 날 상대로 사기를 치는 간 큰 드래곤 녀석들 따위가 있을 줄은 몰랐군."

음침한 음성의 주인은 조금 전 그 오르덴 노인이었다. 그는 아까와 달리 포르티 등을 향해 음산한 눈빛을 번뜩이고 있었다. 게다가 그의 옆으로 그와 비슷한 기세를 풍기는 자들이 십여 명이나 되었다.

모두 딱 봐도 마족이라는 것이 드러나 보일 만큼 살벌한 기운을 뿜어내고 있었다. 그중에는 포르티와 아그노스가 감당하기 힘든 최상급 마족의 기운을 내뿜는 자들도 보였다.

그러나 포르티는 담담히 그들을 노려봤다. 시난에 분쟁 금지라는 룰이 있는 이상 저들을 겁낼 필요가 없기 때문이다.

"큭! 그건 나야말로 할 소리군. 하찮은 마족 놈이 대체 우리 드래곤들을 뭘로 봤기에 감히 허튼수작을 부린 것이냐?"

최상급 마족들까지 나타났는데도 포르티가 움츠러들긴커녕 오히려 호통을 치자 마족들은 어이가 없었다.

"어이! 드래곤! 간덩이가 배 밖으로 나온 거냐? 다시 배 안으로 집어넣어 줄까?"

포르티가 코웃음 쳤다.

"내 간은 잘 있으니 신경 쓰지 마라. 그나저나 냄새나는 마족들이 대놓고 거리를 활보하다니 세상이 거꾸로 돌아가는 건가?"

그러자 오르덴 노인 형상의 마족이 인상을 확 구겼다.

"크윽! 어리석은 놈! 지금 네놈의 그 행동은 너뿐 아니라 네놈이 속한 세계의 용자에게까지도 매우 안 좋은 일이 될 수 있음을 모르느냐?"

"헛소리 지껄이지 마라. 그깟 협박 따위에 내가 겁먹을 것 같은가?"

"큭큭! 분쟁 금지라는 오르덴 놈들의 허황된 룰을 철썩같이 믿고 있는가 보군. 하지만 이제껏 그걸 믿고 설치던 놈들 중 아직까지 살아서 숨 쉬는 녀석들은 없지. 차원의 바다에서는 아무도 너희들을 지켜 주지 못하거든."

마족들은 포르티 등이 시난을 벗어나는 순간 손을 보겠다고 엄포를 놓고 있었다. 만일 그들을 대적할 만한 능력이 없는 상황이라면, 그것은 그야말로 끔찍한 협박일 것이다.

그러나 포르티와 아그노스는 무혼이 사실상 대적불가의 가공무쌍한 초월적 능력을 지니고 있음을 알고 있기에 전혀 기가 죽지 않았다. 즉, 그들에게 마족들의 협박은 코웃음밖에 나오지 않는 일이었다. 아그노스가 픽 웃었다.

"제발 좀 그래 주겠니? 야서만 팔아서는 큰돈을 벌기가 힘들었는데 값비싼 뿔을 바치겠다니 눈물 나게 고맙구나."

포르티가 맞장구쳤다.

"크흐! 이거 저놈들의 뿔들만 몽땅 뽑아다 팔아도 제법 돈이 되겠는 걸."

그러자 마족들의 두 눈에서 섬뜩한 한광이 일었다. 그들은 그야말로 잡아먹을 듯 사나운 눈초리로 포르티 등을 노려봤다.

"크큿! 조만간 해상에서 보자. 너흰 오늘 일을 뼈저리게 후회하게 될 것이다."

"으득! 건방진 드래곤들! 어디 두고 보자. 너희들과 너희들의 용자까지 모조리 죽여 버리겠다. 크크크!"

마족들은 갖은 엄포를 놓고 사라졌다. 포르티 등은 태연한 척했지만 속으로 불안한 마음이 없지는 않았다.

"제길! 이거 공연히 일을 하나 만든 건 아닌지 모르겠군."

"아니야. 무흔이 마족이라면 이를 갈잖아. 마족들이 나타나면 아주 좋아할걸. 아마 푸르카 님도 만만치 않게 좋아할 거야."

그러자 뒤에서 싸늘한 음성이 들려왔다.

"내가 좋아하긴 뭘 좋아한다는 말이냐?"

"헉! 푸르카 님!"

포르티 등이 고개를 돌려보니 푸르카가 못마땅한 표정으로 그들을 쳐다보고 있었다.

"너희들이 싼 똥은 너희들이 치워야지, 그걸 누구더러 치우라는 것이냐? 마족들과 시비를 붙어 놓고 그 뒷수습을 내가 해줄 거라 기대했다면 오산이다."

"그게 그놈들이 먼저 시비를 걸어서 어쩔 수 없었습니다."

"맞아요. 사기를 치려고 우리에게 접근했다고요."

포르티 등은 어색하게 웃으며 변명했다. 푸르카는 인상을 구겼다.

"그나저나 이로이다 대륙의 드래곤 체면이 있지, 쪽팔리게 웬 장사질이냐?"

"그게 돈이 없다 보니 어쩔 수 없었습니다. 먹고 살려면 뭐라도 해야지 않겠습니까? 그리고 장사는 쪽팔리는 일이 아닙니다."

"호호! 맞아요. 쪽팔리다니요? 장사가 뭐가 쪽팔려요. 그리고 얼마나 재미있는데요."

아그노스도 동조했다. 순간 푸르카가 호통을 날렸다.

"닥쳐라. 다른 건 몰라도 야서 따위를 파는 게 쪽팔린 일이 아니고 뭐냐? 하고 많은 것들 중에 야서가 웬 말이냐? 엉?"

"헤헤! 알고 계셨습니까?"

포르티 등은 머리를 긁적였다.

'제길! 항상 그렇지만 정말 눈치도 빨라.'

'쳇! 야서가 뭐 어때서.'

푸르카가 뒷골목에 웅크려 리디아에 대한 복수심에 사로잡혀 있는 듯 보였지만, 그 와중에도 그는 포르티 등의 동정을 모두 살피고 있었나 보다.

그때 푸르카가 불쑥 물었다.

"그래서 돈은 얼마나 벌었냐?"

"1백 베카도 넘게 벌었습니다."

푸르카가 놀랐다.

"1백 베카씩이나?"

"저도 야서가 이렇게 잘 팔릴 줄은 몰랐습니다."

"호호! 다들 야서에 관심이 많던걸요."

아그노스가 힐끗 눈치를 주자 포르티가 10베카를 푸르카의 손에 쥐여 주었다. 푸르카의 두 눈이 커졌다.

"이게 뭐냐?"

"용돈이 부족하실 텐데 사양하지 마십시오."

포르티가 사람 아니, 드래곤 좋은 미소를 지었다. 아그노스도 빙그레 웃었다.

"넣어 두세요. 주머니가 비면 마음도 허전한 법이죠."

"뭐 이런 걸."

푸르카는 사양하지 않고 받았다. 험악하던 그의 표정이 눈에 띄게 부드러워졌다. 마치 성난 맹수가 먹을 것을 건네받고 온순해진 느낌이랄까?

"험! 아무튼 조심해라. 여기는 평화로워 보여도 도처에 위험이 득실거리고 있다. 너희같이 힘도 없는 녀석들이 뒷골목에서 야서나 팔고 있다간 마족들의 먹잇감으로 전락하고 말 거다."

포르티가 고개를 끄덕였다.

"확실히 마족들이 꽤 많이 보이더군요."

"많은 정도가 아니라 마족들이 거의 장악하고 있는 것 같은 느낌이야. 오르덴들도 마족들이 하는 일은 웬만하면 눈감아 주고 있다."

"눈감아 준다고요?"

"직접적으로 누군가를 공격하거나 부상을 입히는 것 같은 행위만 아니면 아까처럼 사기를 친다거나 적당히 협박을 하거나 하는 것 등은 모른 척해 준다는 거지. 만일 우리가 그런 일을 벌였다면 오르덴들이 가만있지 않았을 것이다."

그 말에 포르티와 아그노스는 분한 표정을 지었다. 어쩐지 마족 하나가 오르덴으로 가장해서 사기를 치고 있는데도 오르덴들이 아무런 저지도 하지 않았던 것이다.

그뿐인가? 조금 전에는 떼거리로 몰려와 협박까지 하지 않던가. 멀지 않은 곳에서 지나가는 오르덴 하나가 그것을 보기도 했지만 못 본 척하고 고개를 돌리기도 했다.

아그노스가 문득 물었다.

"그런데 그들이 조금 전에 왜 금방 물러갔을까요?"

그들이 작정하고 몰려온 것에 비하면 너무 쉽게 물러간 느낌이었다. 어차피 오르덴들이 눈감아 주는 상황이라면 그들은 얼마든지 포르티와 아그노스를 좀 더 난처하게 하고도 남았을 것이다.

그러다 그들은 이내 고개를 돌려 푸르카를 쳐다봤다.

"혹시 푸르카 님이?"

푸르카가 픽 웃었다.

"이제 알았느냐?"

포르티 등은 그제야 마족들이 금방 물러간 이유를 알 수 있었다. 마족들은 자신들이 대적하기 힘든 강적인 푸르카가 근처에 온 것을 눈치채고는 급히 물러간 것이었다. 푸르카는 헛기침을 하며 말을 이었다.

"험! 그리 감동할 것 없다. 갑판장으로서 선원을 보호하는 건 당연한 일이니까."

그 말에 포르티 등은 어이없어하는 표정을 지었다. 고맙

다는 생각은 했지만 그렇다 해서 감동까지 한 것은 아니었
는데.

물론 이 상황에 감동은 한 적 없다고 말할 만큼 눈치 없
는 포르티 등이 아니었다. 그들은 짐짓 감동을 한 것처럼
뭉클한 표정을 지으며 말했다.

"크흑! 그러고 보니 갑판장님이 아니었으면 저희는 큰일
났을 것입니다."

"아아, 그랬군요. 어쩐지. 구해 주셔서 정말 감사해요."

포르티는 정말로 감동한 것처럼 손등으로 눈물을 훔쳤
고, 아그노스는 푸르카를 향해 한없는 존경의 눈빛을 보였
다.

그러자 푸르카가 코웃음 쳤다.

"연기들을 하려면 좀 진심이 담기게 하는 게 어떻겠느
냐? 척 봐도 가식이라는 게 표가 나는구나."

"헤헷! 가식인 걸 어떻게?"

"역시 눈치도 빠르세요. 다음엔 좀 더 확실한 연기를 해
보겠어요."

포르티 등의 말에 푸르카가 인상을 구겼다. 그렇다고 그
리 쉽게 인정할 필요는 없지 않은가 말이다.

"꽤들 솔직하군."

"물론입니다."

"드래곤인 우리가 거짓말을 하면 안 되잖아요."

푸르카가 주먹을 불끈 쥐며 말했다.

"그냥 왠지 화가 나는구나."

"화는 참으면 병이 됩니다."

"화병이 생길 수도 있죠."

포르티 등은 짐짓 매우 걱정스러운 표정을 지으며 말했지만 푸르카의 인상은 더욱 험악해졌다.

"마음에 없는 위로들은 하지 마라."

"예리하십니다."

"그냥 아무 말도 안 할게요."

왠지 이런 대답까지도 얄밉게 느껴지는 이유는 무엇일까? 푸르카는 한동안 포르티 등을 못마땅한 표정으로 노려보다 돌아섰다.

"따라와라."

"어디를 가시는데요?"

푸르카는 계속 걸어가며 대답했다.

"속이 좀 빈 것 같아서 말이야. 뱃속에 뭐라도 채우러 가도록 하자."

순간 포르티 등의 안색이 환해졌다.

"오옷! 한턱 쏘시는 겁니까?"

"우리야 갑판장님이 내시겠다면 얼마든지 환영이에요."

그러자 푸르카가 돌연 멈춰 서더니 그들을 매섭게 노려봤다. 그의 두 눈에서 시뻘건 한광이 번뜩였다.

"지금 감히 나보고 돈을 내라고 했느냐?"

라고 말하는 듯한 눈빛에 포르티 등은 움찔했다.

"아, 물론 저희가 낼 테니 염려 마십시오."

"호홋! 저희가 돈을 벌었으니 당연히 한턱 쏠게요."

그 말에 푸르카의 인상이 다시 온화하게 변했다. 그는 다시 걷기 시작했고 그의 뒤를 따라 걷는 포르티 등의 안색은 구겨져 있었다.

'제길! 이리저리 다 뜯기는구나.'

'하아! 누가 저 악덕 갑판장 좀 안 잡아가나?'

잠시 후 푸르카는 화려한 광장을 지나 화려한 불빛들이 반짝이는 거리로 접어들었다. 조금 전까지 하늘은 자줏빛으로 환한 상태였는데, 신기하게도 이곳에 이르자 어두컴컴한 밤이 되어 있었다.

차원의 바다에는 밤낮의 구분이 없는데, 이곳만 유독 밤이 존재할 리는 없다. 이는 오르덴들이 이 구역만 특별히 어두워지도록 어떤 특별한 결계를 펼쳐두었기에 벌어지는 일이었다.

어둠이 있어야 건물들이 발하는 화려한 조명들이 진가를 발휘하기 때문이리라. 하늘은 어두웠지만 거리는 갖가지 마법 조명들이 화려하게 반짝이고 있어 대낮처럼 환했다.

푸르카는 하늘을 살피며 인상을 구겼다.

"쯧! 이 무슨 뻘짓인지 모르겠군. 멀쩡한 하늘을 왜 어둡게 만든 건가."

아그노스가 대답했다.

"그래야 유흥가다운 분위기가 나기 때문 아닐까요?"

"하긴 틀린 말은 아니구나."

그때 푸르카 등을 향해 흑색의 번쩍이는 옷을 입은 거구의 오르덴들이 다가왔다.

"어서 오십시오. 시난의 유흥가에 오신 것을 환영합니다. 입장료로 1베카를 받고 있습니다만 그 입장료가 결코 아깝다고 생각하지 않으실 것입니다."

마족들 못지않게 험상궂은 인상을 가지고 있는 그들의 말투는 제법 정중했다.

그런데 시난에 출입하는 데도 돈을 받더니 유흥가를 들어가는 데 또 돈을 내라니. 그야말로 해도 너무하는 오르덴들이었다.

그때 푸르카가 뭘 하느냐는 듯 두 눈을 가늘게 뜨고 포르티를 노려봤다. 포르티는 즉시 3베카를 건넸다.

"여기 있소."

그러자 오르덴 거인들이 허리를 슥 굽히고는 유흥가 안

쪽으로 손을 내밀며 말했다.

"자, 그럼 입장하시지요. 즐거운 시간 되시기 바랍니다."

푸르카 등은 고개를 끄덕이며 유흥가 안쪽으로 들어갔다. 그리고 두리번거렸다. 화려한 건물들 가운데 어디로 들어갈까 고민하는 중이었다.

특이한 점이 있다면 이곳 유흥가는 지상과 상공, 지하의 세 구역으로 나뉘어 있다는 것이었다.

지상에는 여러 종류의 상점들이 죽 늘어서 있었다. 그리고 상공에는 레스토랑이나 카페들이, 지하에는 도박장과 술집들이 있는 식이었다.

상공에 둥둥 떠 있는 거대한 원형의 레스토랑들은 유흥가 전체를 조망하며 식사를 하기에 적당해 보였고, 지하 동굴처럼 만들어져 있는 기괴막측한 형상의 도박장과 술집들에서는 음침하면서도 자극적인 음악이 흘러나왔다.

그 지하 술집들의 입구에서는 아름다운 외모의 오르덴들이 갖가지 자세를 취하며 손님들을 유혹하고 있었다. 그러한 민망한 자태의 오르덴들을 보자 이곳이 비로소 유흥가라는 것이 실감이 났다.

포르티와 아그노스의 두 눈이 휘둥그레 변했다.

"여긴 정말 놀기 좋은 곳이군."

"어디부터 가야 할지 모르겠어."

그러나 그들과 달리 푸르카의 표정은 담담했다. 그는 유흥가의 화려한 외모보다는 도처에서 느껴지는 마족들의 음산한 기세에 사뭇 긴장하고 있었다. 또한 그는 매우 못마땅해하고 있었다.

'마족들이 이토록 활개치고 있는데 용자들은 대체 뭘 하고 있는 건가?'

푸르카는 왠지 답답함을 느꼈다. 그는 자신에게 힘만 있다면 마족들을 모조리 다 찢어 죽이고 싶었다. 그러나 이곳에 있는 마족들 중에는 푸르카의 힘으로도 어쩌지 못할 만큼 강한 기운을 풍기는 이들도 있었다. 그들이 나서면 푸르카로서는 숨조차 쉬기 힘들 것이다.

그 생각을 하니 비참했다. 이로이다 대륙의 드래곤 로드로 살면서 그가 언제 이러한 무력함을 느껴보았던가.

'마족들이 창궐할 때마다 인간이나 엘프들이 얼마나 참담한 기분을 느꼈을지 왠지 이해가 되는군.'

약자가 되기 전에는 약자로 산다는 것이 어떤 것인지 절대 알지 못했다. 그러나 푸르카는 지금 약자로서의 비참함과 무력함이 어떤 것인지를 철저히 통감할 수 있었다. 그리고 자신이 이로이다 대륙에서 얼마나 교만했었는지도 말이다.

그때 포르티가 그를 불렀다.

"갑판장님! 어서 오십시오. 여깁니다."

그사이 지상, 지하, 상공 중에서 지하를 선택한 포르티와 아그노스였다. 마치 입을 쩍 벌린 뱀의 아가리처럼 음침해 보이는 지하 동굴의 입구에는 나신을 거의 다 드러낸 늘씬한 상급 여자 정령들이 교태로운 자세로 손님들을 유혹하고 있었다.

"어서 오세요. 이곳엔 차원의 바다에서 가장 맛있는 술들이 준비되어 있답니다."

"모든 종류의 도박도 가능하지요. 오셔서 대박의 꿈을 이루세요."

"다른 어떤 곳에도 없는 향락이 이곳에는 있어요. 당신이 원하시는 뭐든 다 할 수 있죠. 후훗, 들어와서 한번 시험해 보지 않을래요?"

뇌쇄적인 유혹의 몸짓을 하는 정령들을 향해 푸르카는 의문을 금치 못했다. 대체 왜 상급 정령들이 이곳에서 창녀처럼 호객 행위를 하고 있는 것인가? 그것은 알 수 없는 일이었다.

그러다 그는 아그노스를 향해 못마땅한 표정을 지었다.

"너희들 취향이 이런 곳이냐? 특히 아그노스 너는 매우 의외구나."

"제 취향이 여기에 어디 있겠어요? 그냥 호기심이 생겨서 들어가 보는 것이죠."

"맞습니다. 저 음침한 동굴 안에 뭐가 있는지 궁금하잖아요."

아그노스 등의 두 눈은 호기심으로 반짝거리고 있었다. 푸르카는 고개를 끄덕였다.

"안에 마족들이 잔뜩 있는 것 같으니 절대 쓸데없는 시비를 벌이지 마라."

푸르카는 이곳 술집에서 특히 강력한 마족들의 기운이 느껴지고 있음을 간파했다. 그래서 포르티 등에게 가급적 마족들이 시비를 걸어와도 받아주지 말고 조용히 구경만 하다 나오자는 당부를 했다.

"예. 염려 마십시오."

"저희도 그 정도 눈치는 있어요."

곧바로 동굴 안으로 들어가는 포르티 등의 표정에는 긴장과 호기심이 반씩 어려 있었다. 그러나 안에 펼쳐진 믿지 못할 풍경을 보는 순간, 그들의 표정은 경악으로 변하고 말았다.

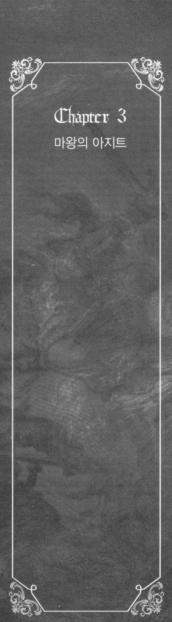

Chapter 3

마왕의 아지트

"저럴 수가!"

가장 먼저 들어간 푸르카의 입에서 망연자실한 탄식이
흘러나왔다. 술집의 손님 중에는 마족들이 가득했는데, 그
들을 수발드는 여급들 중 상당수가 드래곤들이었던 것이
다.

외모는 아름다운 인간이나 엘프 여성의 형상을 하고 있
지만, 포르티는 그녀들이 드래곤이라는 것을 본능적으로
알 수 있었다.

"큭큭! 이리와라. 예쁜 것들!"

"호호호!"

육감적이고 매력적인 몸매의 그녀들은 음침한 마족 청년의 양쪽에 달라붙어 온갖 민망한 행태를 서슴지 않았다. 그것은 아주 익숙해 보였고, 그녀들은 그로부터 그 어떤 수치심도 느끼지 않는 듯했다.

그때 드래곤 둘을 양쪽으로 끼고 술을 마시던 마족 하나가 포르티를 노려봤다.

"제기랄! 술맛 떨어지게 뭘 빤히 쳐다보는 것이냐?"

그러자 그와 동행인 듯한 다른 마족이 옆에 앉아 있는 드래곤 여급의 하얗고 풍만한 가슴을 손으로 주물럭거리며 대답했다.

"보면 모르겠나. 이 아름다운 드래곤 여급들이 우리 수청을 들고 있는 모습을 보고 저 풋내기 드래곤 녀석이 충격받은 게지."

"크크! 그렇군. 드래곤들이 이러는 걸 처음 봤으면 충격은 충격일 거야."

다른 마족들도 드래곤 여급들의 몸을 대놓고 만지작거리며 키득거리기 시작했다. 또한 여성 마족들은 드래곤 남급들을 노예처럼 부리며 희롱했다.

"오호호홋! 잘 봐두면 좋겠지. 조만간 저것들도 모두 이 신세가 될 텐데 말이야."

"하긴 미리 연습해 둔다 생각하고 잘 봐두면 적응을 빨리할 수 있을 거다. 크하하하!"

마족들은 포르티와 아그노스, 그리고 그 뒤에 우두커니 서 있는 푸르카를 비웃으며 조롱했다.

심지어 마족들 옆에 앉아 있는 드래곤들도 함께 키득거렸다. 그들은 수치심은 물론이요, 자신들이 드래곤이라는 의식도 없는 듯했다. 오히려 마족들에게 아양을 떨기 바빴다.

그때 포르티 등을 향해 오르덴 사내가 다가왔다.

"흐흐흐! 어서 오십시오. 저희 가게는 이곳 시난의 유흥가에서 가장 아름다운 드래곤 여급들과 남급들을 보유하고 있습니다. 아, 물론 정령들이나 엘프들도 있지만 웬만하면 드래곤을 추천합니다."

그가 술집 주인인 모양이었다. 그는 푸르카 등이 드래곤이라는 사실을 알고 있는 듯했지만 개의치 않고 더욱 의미심장한 미소를 지으며 말을 하는 것이었다. 푸르카의 인상이 싸늘히 변했다.

"저 드래곤들은 어쩌다 이곳에서 일하게 된 건가?"

그러자 술집 주인은 피식 웃으며 대꾸했다.

"제가 그걸 말할 이유는 없습니다. 모두 오르덴의 룰에 위반되지 않게 적법한 방법으로 노예가 된 아이들이니 당신들은 신경 쓰지 말고 즐기시면 됩니다. 참고로 한 가지

충고를 드리자면 시난의 유흥가에서는 즐기는 것 이외의 쓸데없는 것들에는 가급적 관심을 갖지 않는 게 현명한 일입니다."

그러니까 입 닥치고 술이나 마시면서 즐기고 가라는 말이었다. 공연히 귀찮은 일을 벌이면 가만두지 않겠다는 협박이기도 했다.

평소의 푸르카라면 이런 말을 듣는 즉시 이곳 술집을 뒤집어엎어 버렸겠지만, 그는 극도의 인내심을 발휘하여 참았다. 또한 옆에서 발작하려는 포르티와 아그노스를 눈짓으로 무마시켰다.

'저 놈들이 일부러 시비를 걸고 있으니 휘말리지 마라.'

'크윽! 제길!'

포르티와 아그노스는 인상을 구겼다. 어차피 자신들과는 상관없는 다른 세계의 드래곤들이지만, 그래도 자신들과 같은 종족이 마족들의 노예나 다름없는 신세로 전락한 것을 보았는데 어찌 기분이 유쾌할 리가 있겠는가.

"기분 정말 더럽네요. 저게 대체 무슨 꼴일까요?"

아그노스가 결국 참지 못하고 분통을 터뜨렸다. 포르티가 한숨을 내쉬며 대답했다.

"무슨 꼴이긴. 드래곤들이 노예로 전락하면 어떻게 살게 되는지를 똑똑히 본 거지."

"아무리 그렇다 해도 저건 너무하잖아."

아그노스는 차라리 죽으면 죽었지 저 꼴로 연명하고 싶은 생각은 없었다. 마족이나 오르덴들에게도 화가 나지만, 그 밑에서 저런 식으로 연명하고 있는 드래곤들에게도 화가 나 미칠 지경이었다.

"일단 나가자."

그때 푸르카가 더 이상 술집 안의 광경을 보고 싶지 않은 듯 입구 쪽을 향해 걸으며 말했다. 포르티와 아그노스도 그의 뒤를 따랐다.

그러자 술집 주인 오르덴이 푸르카의 앞을 가로막으며 물었다.

"어딜 가시오?"

"이 술집 분위기가 마음에 안 들어 나가려는데 그게 무슨 문제가 있소?"

푸르카의 말에 술집 주인 오르덴의 입가에 의미심장한 조소가 맺혔다.

"크큿! 뭔가 착각하고 있군. 여긴 들어오긴 쉬워도 나가긴 어려운 곳이라네."

그 말과 함께 오르덴의 두 눈에서 섬뜩한 금빛의 광망이 번뜩였다. 푸르카가 그를 노려보며 말했다.

"네놈이 오르덴이 아닌 마족이라는 것 정도는 이미 알고

있었지. 하지만 여긴 오르덴의 도시다. 쓸데없이 시비를 걸
지 말고 비켜라."

"큭! 네놈은 아직도 상황이 어떻게 돌아가는지 모르는
것 같구나. 너희들은 이곳을 나가지 못한다."

그 말과 함께 오르덴의 얼굴이 기괴하게 뒤틀리더니 다
른 형상으로 변했다. 노란 머리의 청년 마족이었는데, 그는
푸르카의 눈에 익었다.

"네놈은?"

"나는 사티스라고 하지."

광장 근처의 여관에서 리디아와 농밀한 애정을 나누고
있던 사티스가 그사이 이곳에 와서 술집 주인 행세를 하고
있을 줄이야.

그런데 그뿐이 아니었다. 사티스의 뒤에 남빛 머리카락
의 여인이 모습을 드러냈다. 다름 아닌 리디아였다.

"호호홋! 멍청한 푸르카 놈! 여기가 어딘 줄 알고 들어왔
느냐?"

"으음!"

푸르카는 잡아먹을 듯 사나운 눈초리로 리디아를 노려봤
다. 그러고 보니 리디아는 짐짓 여관에서 노닥거리는 것처
럼 행동했지만 푸르카 등의 일거수일투족을 면밀히 살피고
있었던 모양이었다.

"내게 무슨 볼일이 있나, 리디아?"

"글쎄, 난 별로 볼일이 없는데 이 옆의 사티스가 네놈을 무척 보고 싶어 하지 뭐야?"

그러자 사티스가 입가를 비틀며 웃었다.

"크큿! 보고 싶다니. 그렇게 말하니 내가 이상한 놈 같잖아. 저들이 날 뭐로 보겠어."

"뭐로 보긴. 마왕의 아들로 보겠지. 호호호!"

그들이 키득대는 소리를 들으며 푸르카는 상황이 왠지 좋지 않게 돌아간다는 것을 느꼈다. 그사이 술집의 출입구가 봉쇄되어 있었는데, 단순히 문이 닫힌 것이 문제가 아니라 특수한 결계를 통해 이곳 술집이 완전히 다른 공간으로 분리되어 있었다.

그때 포르티가 사티스 등을 노려보며 외쳤다.

"당장 비켜라! 오르덴의 도시에 분쟁 금지 규정이 있음을 모르느냐?"

그러자 사티스는 피식 웃었다.

"큭! 바보 같은 놈들! 이곳이 어딘 줄 안다면 그따위 소리는 하지 못하련만."

"뭔가 대단한 것처럼 말하지 마라. 여긴 고작 술집이 아니냐?"

사티스가 고개를 끄덕였다.

"물론 술집은 맞다. 그러나 아지트이기도 하지. 아지트에서는 무슨 일이 벌어져도 오르덴들은 관여하지 않는다. 다시 말해 내가 너희들을 모조리 죽인다 해도 오르덴들은 전혀 신경 쓰지 않을 것이라는 소리다."

"아지트라니 그게 무슨 헛소리냐?"

순간 사티스의 두 눈에서 기이한 황금빛의 안광이 번뜩였다. 황금빛이 이토록 섬뜩하게 느껴질 수도 있는 것일까? 푸르카 등은 사티스의 안광이 번뜩이는 순간 가슴이 철렁 내려앉는 듯한 두려움에 전신이 부르르 떨렸다. 사티스가 다가오며 말했다.

"여기 처음 오는 너희 같은 풋내기 녀석들이 흔히 빠지는 착각이 있어. 그건 바로 오르덴 도시의 분쟁 금지라는 규정을 무턱대고 맹신하는 것이지. 크큿! 안됐지만 모든 규정에는 예외라는 것이 존재한다. 여긴 그따위 규정이 통하지 않는 마왕의 아지트란다."

"마왕의 아지트?"

"네놈이 들어나 봤는지 모르겠군. 위대한 마왕 콘딜로스에 대해서 말이야."

"코, 콘딜로스!"

푸르카의 안색이 딱딱하게 굳어졌다. 콘딜로스 마왕은 이로이다 대륙의 드래곤 로드였던 그도 그저 전설로만 접했던 이름이었다. 마계에 그러한 이름의 마왕이 있다고만 들었는데, 실제로 그 마왕이 존재할 줄은 몰랐다.

"크큿! 표정을 보니 들어는 봤나 보군. 이거 의외로 기특한 걸. 좋아. 네가 내 아버지의 이름을 기억하고 있으니 특별히 식재료 신세는 면하게 해 주마."

사티스가 콘딜로스 마왕의 아들이었다는 말인가? 게다가 식재료라니. 그러고 보니 사티스는 푸르카 등을 잡아먹으려 했던 모양이었다. 푸르카는 싸늘한 표정으로 사티스를 노려봤다.

"네가 마왕의 아들이라니 의외군. 그러나 나를 너무 물로 보고 있구나. 내가 그리 쉽게 당할 것 같으냐?"

푸르카는 사티스가 자신보다 훨씬 강한 능력을 지닌 것을 알고 있었다. 정면으로 부딪혀 봤자 승산이 없다는 것도 말이다.

사실 승산은커녕 달아나는 것도 불가능했다. 게다가 이곳에는 이로이다 대륙의 드래곤들을 몰살시킨 리디아도 있다. 푸르카가 포르티와 아그노스를 죽게 놔두고 혼자 달아나는 것조차 불가능한 상황이었다.

그런데도 그가 느긋할 수 있는 이유는 무엇일까? 당연히 무혼이 이 도시의 어딘가에 있기 때문이었다.

무혼은 푸르카와 포르티 등에게 스스로 감당할 수 없는

강적이 나타난다고 해도 걱정하지 말라고 했다. 그런 강적은 무혼이 직접 나서서 밟아 버린다 했다.

푸르카는 어느새 그런 무혼을 의지하고 있었다.

솔직히 푸르카로서는 누군가에게 의존한다는 것이 무척 자존심이 상하는 일이다. 이전의 푸르카였다면 차라리 죽으면 죽었지 지금처럼 무혼에게 의존하고 있지는 않았을 것이다.

그러나 푸르카는 무혼이 이로이다 대륙의 용자라는 사실을 알게 된 이후에는 그에게 의존하는 것이 조금도 자존심 상하지 않았다. 오히려 용자를 따를 수 있다는 것만으로도 푸르카에게는 영광이었다.

그것은 포르티와 아그노스 역시 마찬가지였다. 그렇지 않아도 이 술집을 뒤집어 엎어버리고 싶었던 그들이었다.

'흐흐, 우린 절대 시비를 걸지 않았어. 저것들이 무덤을 판 거라고.'

'흥! 무혼이 어서 와서 저놈들을 모조리 죽여 버렸으면 좋겠어.'

그렇게 푸르카와 포르티 등이 조금도 겁먹은 표정을 짓지 않자 어리둥절해진 것은 사티스였다.

'이상하군. 저것들이 뭐 믿고 있는 거라도 있는 건가?'

지금쯤이면 두려워 떨며 살려달라고 빌어야 했다. 설령

객기를 부리더라도 두 눈에는 두려움과 불안한 기색이 있어야 정상이었다.

그러나 푸르카 등의 눈빛에는 짙은 조소만이 어려 있을 뿐 그 어떤 두려움도 보이지 않았다. 그것이 사티스를 더욱 분노하게 했다.

"겁을 모르고 있다면 겁이 뭔지 가르쳐 주도록 하지."

사티스가 손을 뻗자 푸르카와 포르티, 아그노스를 빙 두른 금빛의 원형 결계가 생겨났다. 눈 깜짝할 사이에 생겨난 그 결계에 갇히게 되자 푸르카 등은 몸을 부르르 떨었다.

'마, 마나를 쓸 수 없다.'

'크윽! 이런 말도 안 되는 결계가 있다니.'

마법을 쓸 수 없게 만드는 궁극의 침묵 마법인 얼티메이트 사일런스가 펼쳐졌다 해도 꿈쩍도 하지 않을 드래곤들이었다.

그러나 지금 사티스가 펼친 결계는 그와는 비교할 수 없이 강력한 위력이 있었다. 놀랍게도 그들은 마나를 한 줌도 끌어올릴 수가 없었다.

"저항해 봤자 소용없다. 이건 너희 같은 드래곤들을 잡기 위해 나의 아버지께서 특별히 고안하신 주술이야."

사티스가 손을 휘젓자 금빛의 결계가 번쩍이는 밧줄로 변하더니 푸르카 등의 목을 칭칭 감았다.

"우윽!"

"크윽!"

주술의 밧줄이 목을 조르자 푸르카 등의 안색이 하얗게 변했다. 특히 푸르카는 도무지 이 상황을 믿을 수가 없었다. 사티스가 꽤 강하긴 했지만 설마 자신이 이토록 무력하게 제압을 당할 줄은 상상도 못 했기 때문이다.

주술의 밧줄이 가진 위력은 끔찍할 정도로 가공했다. 밧줄이 이끄는 대로 몸을 움직이지 않으면 전신이 부서질 것 같은 고통이 엄습해왔다.

꽈악.

푸르카 등의 목을 휘감은 세 개의 밧줄을 사티스가 사납게 끌어당겼다. 푸르카 등이 저항하려 했지만 그들은 무력하게 바닥으로 내동댕이쳐졌다.

"크어억!"

"우윽!"

고통스럽게 신음을 내뱉는 그들을 향해 사티스가 키득거리며 말했다.

"크큿! 노예들 주제에 감히 두 발로 서 있느냐? 너희들은 앞으로 네 발로 기어 다녀라. 또한 벙어리가 되어야 한다. 노예 따위가 말을 한다는 건 있을 수 없는 일이야."

그 순간 푸르카 등은 신음 소리조차 내지 못했다. 사티스의 주술에 의해 그들의 입이 꽉 닫혀 버린 것이었다. 게다가 온몸이 무력해져 손가락 하나를 제대로 까닥하기 힘들었다. 그들은 마치 굼벵이처럼 꿈틀거리며 몸부림쳤다.

'으윽! 이거 못 풀어? 이 미친 마족 따위가 감히!'

아그노스는 원독 어린 눈빛으로 사티스를 쏘아봤다. 그러자 사티스가 성큼 다가와 아그노스의 은빛 머리채를 움켜쥐었다.

"크흐흐흐! 건방진! 노예 주제에 아직 눈빛이 살아 있구나. 어디 치욕을 당하고도 그런 눈빛을 가질 수 있나 볼까? 자, 너희들 중 누가 이년을 능욕해 주겠느냐?"

그러자 번들거리는 근육질의 마족이 기다렸다는 듯 성큼성큼 걸어왔다.

"그런 건 제게 맡겨주십시오."

눈이 세 개인 그 마족은 마치 뱀처럼 꿈틀거리는 기다란 하물을 내놓고 흔들며 말했다. 사티스가 고개를 끄덕였다.

"좋다. 어디 한번 해 봐라."

"오호호홋! 깔깔깔! 재미있겠는걸."

리디아를 비롯한 마족들이 흥미롭다는 듯 웃었다. 그런데 그렇게 웃고 있던 그들의 안색이 갑자기 경직되듯 굳어져 버렸다.

갑자기 아그노스를 능욕하러 다가오던 마족의 목이 바닥

으로 툭 떨어지더니 그의 몸체가 퍽 터져 나갔다. 비명조차 지르지 못하고 마족 하나가 죽었다.

"감히! 어떤 놈이⋯⋯끄아아아악!"

사납게 주위를 노려보던 사티스가 돌연 끔찍한 비명을 지르며 몸을 비틀거렸다. 그의 피부에 무수한 혈선이 생겨나고, 이내 그의 몸체가 산산조각 나 버렸다.

후드드득!

수천 조각의 육편이 흩날리며 그로부터 피어난 혈무(血霧)가 술집을 가득 메웠다. 그때부터 시작이었다. 술집에 앉아 있던 마족들의 입에서 참혹한 절규와 비명이 쏟아져 나왔다.

퍽! 파악! 콰직―!

"꾸어어억!"

"크어억! 사, 살려⋯⋯크아아악!"

마족들의 머리가 터져나가고 몸이 쪼개지고, 갈가리 찢겨졌다. 그야말로 눈뜨고 지켜볼 수 없는 지옥경! 마왕의 딸인 리디아가 보기에도 몸서리쳐지는 광경이었다.

더욱 소름 끼치는 일은 상대가 누군지 알 수 없다는 것이었다. 대체 누가 이 끔찍한 살육을 자행하고 있는지 리디아의 눈에는 보이지 않았다. 마족들이 하나둘 참혹한 고깃덩이로 변해 널브러지는 모습에 리디아는 공포에 질려 바들 바들 떨었다.

불현듯 그녀의 뇌리에 한 인물의 모습이 스쳐 갔다.

'서, 설마 그놈이?'

그때 그녀가 떠올린 그자의 모습이 환영처럼 앞에 나타났다. 섬뜩한 안광을 번뜩이고 있는 흑발 청년! 그는 무혼이었다.

흐읍!

무혼은 마족들의 부서진 다크 하트로부터 마기를 모조리 흡수하고 있었다.

그런 그를 본 리디아는 정신이 아득해지고 말았다. 그사이 그녀를 제외한 모든 마족들이 죽었다. 오직 그녀 하나만 남은 것이었다. 그것이 그녀를 더욱 공포스럽게 만들었다.

"살려줘요……! 제발! 뭐든 하라는 대로 다 하겠어요. 당신의 종이 되겠어요. 내……내가 아름답지 않나요?"

리디아가 애처롭게 간청했지만 무혼은 성큼 다가와 그녀의 심장에 검을 푹 꽂아 넣었다.

"아악! 아아아악!"

리디아는 자신의 암흑 마나가 검을 통해 모조리 빠져나가는 고통에 울부짖었다. 그녀가 가진 방대한 암흑 마나는 순식간에 검을 통해 빠져나가 무혼에게 흡수되었다.

촤악!

무혼은 무심한 표정으로 검을 뽑았다. 리디아는 맥없이 바닥으로 쓰러졌다. 그녀는 아직 살아 있었다. 그러나 그녀의 몸에는 생명과도 같은 암흑의 마나가 한 줌도 남아 있지 않았다. 그녀는 원독 어린 눈빛으로 무혼을 노려보며 이를 갈았다.

"으, 으득! 가소로운 인간 놈! 아빠가 널 용서하지 않을 것이다. 네놈이 아무리 발악해도 그분을 이길 수는 없어. 넌 세상에서 가장 끔찍하게 죽을 거야. 오호호홋!"

그러자 무혼이 싸늘히 대답했다.

"네 걱정이나 해라. 너 따위를 살려둔 건 널 죽일 자가 따로 있기 때문이다."

그 말에 리디아는 흠칫 놀라 고개를 돌렸다. 그러고 보니 조금 전까지 사티스에 의해 개처럼 내동댕이쳐졌던 푸르카가 비틀거리며 일어나고 있었다. 사티스의 죽음과 동시에 푸르카를 속박했던 주술도 풀린 것이었다.

푸르카는 무혼을 향해 고개를 끄덕이며 고마움을 표시했다.

"정말 고맙소, 선장."

그가 고맙다고 말한 것은 무혼이 나타나 그를 살려준 것도 있지만, 그보다 리디아를 그의 손으로 처리할 수 있도록 무혼이 배려해준 데 있었다. 리디아를 향해 한 발짝 한 발짝 걸어가는 그의 두 눈에서 섬뜩한 살광이 피어났다.

그것을 본 리디아의 두 눈에 공포가 어렸다. 그녀는 다시 애처로운 표정으로 울부짖었다.

"푸르카! 잠깐만요. 난 아직도 당신을……."

"닥쳐라."

푸르카는 리디아의 말을 들어볼 가치도 없다는 듯 성큼 다가와 그녀의 목을 비틀었다. 그는 조금도 인정을 두지 않았다. 그렇게 해야만 리디아에게 죽은 이로이다 대륙의 드래곤들에게 작으나마 속죄가 될 수 있을 것이기에.

"아아악!"

곧바로 참혹한 비명과 함께 리디아의 몸은 다른 마족들처럼 무참하게 찢겨 흩어졌다.

'빌어먹을! 결국은 이렇게 될 운명이었던가.'

푸르카는 착잡한 표정을 지었다. 그래도 한때 자신의 애인이었던 리디아의 죽음 앞에서 초연하기란 쉽지 않다.

애초부터 잘못된 만남이었다. 마족과 만나서 어찌 행복할 수 있겠는가. 리디아와의 연애는 달콤했지만 그 끝은 재앙으로 귀결될 것이었다. 차라리 정령이나 엘프 혹은 인간 애인을 만났다면 이런 일까지는 없었으리라.

푸르카가 씁쓸한 표정으로 상념에 잠겨 있는 사이 무혼은 포르티와 아그노스에게 다가가 물었다.

"어디 다친 데는 없느냐?"

포르티가 씩 웃었다.

"멀쩡하니 염려 마라. 난 그 정도로 다칠 만큼 허약하진 않다."

아그노스 역시 툭툭 몸을 털고 일어나며 싱긋 웃었다.

"무혼, 네가 늦지 않게 도착해서 다행이야. 뭐 덕분에 목에 줄도 걸어 보고 아주 새로운 경험이었어."

확실히 드래곤이라 그런 것인가? 마족에게 능욕을 당할 뻔했던 극한 상황에 처하고서도 아그노스는 별일 아니라는 듯 태연한 기색이었다. 게다가 새로운 경험이었다니. 무혼이 어이없다는 표정으로 쳐다봤다.

"주술의 밧줄에 목이 감긴 것도 새로운 경험이라 할 수 있는 거냐?"

"호호! 처음 당해봤으니 새로운 경험이지 뭐야? 물론 또다시 경험하고 싶지는 않아. 별로 재미는 없었거든."

사실 짐짓 태연한 척하고 있을 뿐 아그노스도 속으로 얼마나 당혹스러웠는지 모른다. 정말로 모두가 지켜보는 앞에서 마족에게 능욕을 당했으면 어쩔 뻔했겠는가. 그녀로서는 무혼이 통쾌하게 마족을 죽여 주어 속이 시원한 상태였다.

그때 포르티가 술집 안의 참혹한 광경을 눈으로 살피며

인상을 찌푸렸다.

"그나저나 마족들을 이 지경으로 만들었으니 어쩌냐? 오르덴들이 잠자코 있을 리 없을 텐데."

아그노스가 코웃음 쳤다.

"흥! 무슨 상관이야. 아지트에서는 무슨 일을 벌여도 상관없다고 했잖아. 그리고 그놈들이 먼저 시비를 걸었으니 죽어도 싸지."

"그놈들이 죽어도 싼 것 맞다. 문제는 그걸 오르덴 놈들이 인정하느냐는 거야. 그놈들 아무리 봐도 마왕들과 한통속 같던데 말이야."

그 말에 아그노스는 한숨을 내쉬었다. 포르티의 말이 맞았다. 아지트라는 것을 만들어 그 안에서 무슨 일을 벌여도 될 만큼의 특권을 부여할 정도면 마왕들과 오르덴들은 상당히 친밀한 관계를 유지하고 있지 않겠는가.

푸르카도 그들의 말에 동조하는 듯 심각한 표정으로 다가와 말했다.

"선장, 이미 이 술집을 오르덴들이 포위하고 있는 것 같소."

푸르카는 술집 바깥에 엄청난 숫자의 오르덴들이 몰려와 있음을 감지한 터였다.

콰당!

곧바로 봉쇄되었던 술집 문이 열리고 두 눈에서 형형한 안광을 내뿜는 오르덴들이 대거 안으로 들어왔다. 그러다 그들은 술집 내부 도처에 끔찍하게 찢겨진 채 죽어 있는 마족들의 사체를 보고는 입을 쩍 벌렸다.

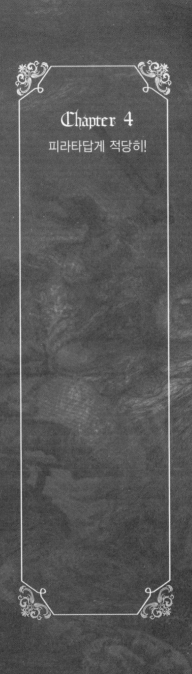

Chapter 4
피라타답게 적당히!

흑갈색의 머리에 녹색의 홍채를 가진 거구의 오르덴 다모일. 조금 전 무혼에게 죽은 사티스 못지않은 강렬한 기세를 뿜어내고 있는 그는 오르덴 족의 귀족이며 이곳 항구 도시 시난의 총독이었다.

그는 콘딜로스 마왕의 아지트에서 벌어진 참극에 분노를 금치 못했다. 콘딜로스는 아주 오래전부터 시난의 특상급 단골인 만큼 오르덴들과의 교분도 두터웠다.

그런데 콘딜로스의 아들인 사티스가 죽었다. 그것도 콘딜로스의 아지트에서 말이다. 그것도 경악할 만한 일인데 유레아즈 마왕의 딸 리디아도 죽었다.

각각 아들과 딸을 잃은 두 마왕의 분노가 얼마나 클지 다모일은 상상조차 되지 않았다. 풋내기 용자가 엄청난 사고를 쳤다. 이는 일개 항구 도시의 총독인 다모일이 감당할 수 없는 큰일이었다.

그는 무혼을 싸늘히 노려보며 말했다.

"용자 무혼, 지금 당신이 어떤 일을 벌였는지 알고는 있소?"

"죽어 마땅한 마족들을 몇 죽였는데 그게 무슨 문제가 되는 것이오?"

무혼이 대수롭지 않다는 듯 시큰둥히 대꾸하자 다모일은 어이없어하는 표정을 지었다.

"이미 알고 있겠지만 우리 오르덴의 도시에는 분쟁 금지 규정이 있소. 그 누구라 해도 이 규정을 어기는 이는 오르덴의 공적이 되며 피라타와 동일한 취급을 받소."

그 말에 무혼의 입가에 싸늘한 미소가 피어났다.

"그래서 나를 피라타로 취급하겠다는 것이오?"

순간 다모일은 몸을 부르르 떨었다. 무혼으로부터 그가 감당할 수 없는 미증유의 기운이 뿜어져 나왔기 때문이었다. 다모일은 두 눈에 힘을 주고 힘겹게 대답했다.

"물론. 나는 규정대로 할 뿐이오. 지금 이 시간부로 당신은 아르아브 해역의 피라타요. 물론 이곳 아르아브 해역뿐

아니라 다른 모든 해역의 오르덴들도 당신을 차원의 바다
에서 반드시 제거되어야 할 피라타로 간주할 것이오."

무혼은 고개를 갸웃했다.

"내가 듣기로는 마왕의 아지트에서 벌어지는 일은 오르
덴의 규정을 적용하지 않는다고 했소. 그렇다면 나는 당신
들의 규정을 어기지 않은 것이 아니오?"

그 말에 다모일이 흠칫했다. 사실 무혼의 말은 틀린 것이
아니었다. 본래부터 그러한 예외 규정이 있었던 것은 아니
었지만 오르덴들은 특상급 단골들에게 한정해서 아지트에
서 벌어지는 일은 웬만하면 눈감아 주고 있었다.

따라서 만일 사티스가 푸르카와 포르티 등을 무참히 죽
였다 해도 오르덴들은 그것이 이곳 아지트에서 벌어진 일
이라면 그냥 묵과해 줄 수 있었다. 그 또한 특상급 단골에
대한 예우니까.

그러나 지금 벌어진 상황은 그러한 특혜나 예우와는 관
계없었다. 무혼이 비록 마족의 뿔 몇 개를 팔아 고급 단골
이 되었긴 했지만, 특상급 단골인 유레아즈나 콘딜로스 마
왕에 비하면 하찮기 그지없는 존재이기 때문이었다.

다모일은 안색을 냉랭하게 굳히며 말했다.

"어디서 무슨 뜬소문을 들었는지 모르오만 오르덴의 룰
에 예외란 없소. 설령 사티스를 비롯한 마족들이 당신들을

먼저 공격했다 해도, 당신이 규정을 어긴 것은 변함없는 사실이오. 감히 오르덴의 영역에서 피를 본 당신은 이제부터 모든 피라타 헌터들의 표적이 될 것이며, 당신과 당신이 속한 세계는 멸망을 면치 못할 것이오."

무혼뿐 아니라 이로이다 대륙도 멸망시키겠다는 얘기였다. 무혼이 기막히다는 표정으로 노려보자 다모일은 헛기침을 하며 말을 이었다.

"하나 만일 당신이 여기서 순순히 포박을 받는다면, 당신이 속한 세계는 건드리지 않을 것을 약속하겠소. 충고컨대 당신이 진정 용자라면 당신은 죽는다 해도 당신이 속한 세계는 보호하는 것이 나을 것이오."

그러자 무혼의 두 눈에서 섬뜩한 한광이 피어났다.

"그따위를 지금 충고라 하는 건가?"

무혼의 기세에 움찔 놀라 다모일은 한걸음 뒤로 물러났다. 그러나 그는 이내 비릿한 미소를 흘리며 말했다.

"당신으로 인해 당신이 속한 세계가 멸망해도 괜찮다는 것이오?"

"방대한 차원의 바다의 질서를 위해 오르덴들은 항상 중립을 지키도록 되어 있다. 바로 그것이 오르덴들이 차원의 바다에 존재하는 이유라 적혀 있더군."

그것은 무혼이 비밀 도서관에 비치되어 있던 차원의 서

(書)라는 책에서 읽은 내용이었다. 책의 내용과 분량이 워낙 방대해 아직 일부밖에 보지 못했지만 그 부분은 정확히 기억하고 있었다. 다모일은 고개를 끄덕였다.

"그야 물론이오. 우리 오르덴들은 항상 중립을 지키고 있소."

"그대가 제대로 중립을 잘 지켰다면 오늘 같은 일이 벌어질 일도 없었다. 마족들에게 특혜를 부여했으니 그들이 잔수작을 부린 것이지."

다모일이 냉소했다.

"쓸데없이 모함하지 마시오. 우리가 그들에게 특혜를 주었다는 그 어떤 증거도 없소."

바로 그때였다. 유흥가의 술집에서 벌어진 끔찍한 살육 사건으로 인해 모여든 이들 중 하나가 다모일의 말에 이의를 제기했다.

"흥! 그런 식으로 발뺌하다니 뻔뻔하군요. 이곳 시난에만 특상급 단골의 아지트가 세 개나 존재하고 있는데 그게 대체 무슨 말이죠?"

푸른 그림자와 같은 형체를 가진 여인의 말에 다모일이 곤란한 표정을 지었다. 물의 로아탄인 그녀는 다모일이 함부로 대할 수 없는 존재였다. 다름 아닌 물의 정령왕 베나토르 슈이의 가디언이기 때문이었다.

"물의 로아탄 가르니아. 그대가 어찌 이 일에 참견하는 것이오?"

다모일이 인상을 찌푸리며 묻자 가르니아는 깔깔 웃으며 대답했다.

"용자 무혼 님은 물의 정령왕이신 베나토르 슈이 님의 동생이에요. 그거면 내가 나설 이유는 충분하겠지요?"

"그, 그럴 리가!"

다모일이 경악하는 표정을 지었다. 그는 무혼이 슈이의 증표를 가지고 비밀 도서관에 출입한 것을 보고받긴 했지만, 설마 무혼이 슈이와 그 정도로 밀접한 관계를 가지고 있는 줄은 짐작하지 못했다.

'으음! 이거 일이 약간 복잡해지는군.'

자칫하면 이 일로 시난의 특상급 단골들간 큰 전쟁이 벌어질 수도 있었다. 마왕들은 자신들의 아들과 딸을 죽인 무혼을 절대 용서하지 않을 것이고, 슈이 또한 무혼을 보호하려 할 것이기 때문이다.

본래 그는 마왕들에게 점수를 따기 위해 무혼을 일방적으로 불리하게 몰아붙였지만, 슈이의 가디언 가르니아가 두 눈을 시퍼렇게 뜨고 쳐다보고 있는 이상 그것이 불가능하게 되고 말았다.

그녀의 말대로 콘딜로스의 아지트에서 벌어진 일이라면

오르덴들이 나설 명분이 되지 못했다. 게다가 분쟁의 빌미도 마족들이 먼저 제공했기에 더더욱 무혼에게 어떤 과오도 덮어씌울 수가 없었다.

그러나 다모일은 코웃음을 치고는 말했다.

"물의 정령왕 슈이 님께는 심히 송구한 일이오만 나는 저 풋내기 용자를 피라타로 선포한 것에 대해 그 어떤 번복도 할 생각이 없소."

"흥! 그거야 시난의 총독인 당신의 마음이죠. 하지만 모든 일에는 책임이 따르는 법, 슈이 님께서는 오늘의 일을 결코 잊지 않으실 거예요."

가르니아는 다모일이 대놓고 두 마왕의 편을 들고 있는 모습에 분이 난 듯 씩씩거렸다. 슈이가 비록 피라타 헌터로서 아르아브 해역에서 큰 명성을 얻고는 있지만, 세력에 있어서는 두 마왕들에게 미치지는 못한다.

유레아즈와 콘딜로스는 고대로부터 수많은 세계들을 복속해 왔기에 그 세력이 매우 방대했다. 반면에 슈이는 그러한 세계의 복속에는 관심이 없기에 그녀가 가진 세력은 따로 없었다. 차원의 바다 위를 누비는 전함이 그녀가 가진 전력의 전부라 할 수 있었다.

게다가 유레아즈와 콘딜로스는 서로 절친한 사이로, 그들의 연합된 힘은 상상을 초월한다.

다만 그렇게 막강한 힘과 세력을 가진 마왕들이 슈이를 함부로 건드릴 수 없는 이유는 슈이가 일대일로는 마왕들을 오히려 능가하는 전투력을 지니고 있기 때문이었다. 그들이 슈이를 제거하려면 그야말로 막대한 희생을 치르지 않고서는 불가능했다.

　그러다 보니 두 마왕들은 가급적 슈이와의 충돌을 피해 왔다. 또한 두 마왕들은 피라타가 아니다 보니 피라타 헌터인 슈이와 부딪힐 일도 없었다.

　그런데 그들의 아들과 딸이 죽은 지금과 같은 상황이라면 앞으로 무슨 일이 벌어질지 모른다. 자칫 슈이에게도 큰 곤란이 닥칠 수 있는 터라 가르니아도 더 이상 무혼을 변호할 수 없었다.

　─죄송하지만 어쩔 수 없군요. 당신은 내가 수습하기에 너무 큰 사고를 쳤어요.

　가르니아가 씁쓸한 표정으로 무혼을 쳐다보며 뜻을 전했다. 무혼은 그녀가 자세히 설명하지 않아도 대충 어떤 상황인지 짐작했다.

　(나는 괜찮으니 걱정 마시오. 그보다 오늘의 도움 잊지 않겠소.)

　무혼은 가르니아에게 잔잔한 미소를 흘려보냈다. 가르니아의 표정이 멍해졌다.

'어이없어. 어떻게 지금 상황에 웃음이 나오는 거야?'

그녀는 무혼이 용케 마족 사티스를 해치웠지만 그렇다 해도 유레아즈나 콘딜로스와 같은 마왕들과 대적한다는 것은 불가능하다 여겼다.

그녀로서는 무혼이 사티스와 리디아를 해치운 것만으로도 충분히 대단한 실력을 가지고 있다고 생각했다. 지금껏 용자들 중에서, 특히 무혼처럼 처음 차원의 바다에 나온 풋내기 용자들 중에서 그와 같은 실력을 가진 이는 거의 없었기 때문이다.

그러나 아무리 그렇다 해도 유레아즈와 콘딜로스 마왕을 동시에 자극한 것은 매우 어리석은 일이 아닐 수 없었다. 사실 그 둘 중의 하나를 건드린 것만으로도 충분히 어리석은 일인데, 둘 다의 분노를 산 것은 그야말로 미친 짓이었다.

한편 그사이 포르티와 아그노스는 술집 안에 흩어져 있는 마족들의 뿔을 줍고 있었다. 그들의 표정은 아주 느긋했고 태연했다. 무혼이 나선 이상 그들이 신경 쓸 일은 없으니까.

그런 그들의 모습을 보고 다모일이 인상을 찌푸렸다. 곧바로 그는 무혼을 향해 싸늘히 외쳤다.

"용자 무혼! 당신이 물의 정령왕 베나토르 슈이 님과 관

련되어 있다 하니 예우상 지금 이곳에서 체포하지는 않겠
소. 하지만 이것이 마지막 예우요. 또한 당신이 차원의 바
다의 피라타라는 사실은 변함없소. 앞으로 당신은 피라타
헌터들을 조심해야 할 것이오. 이제 지체하지 말고 즉시 출
항해 주시오."

결국 무혼은 차원의 바다의 공적인 피라타가 되고 말았
다. 물론 누가 봐도 이는 불공정하면서도 일방적인 처사였
다.

무혼은 싸늘히 웃으며 다모일을 노려봤다.

"마지막 기회를 주지. 아니, 경고라고 할까? 후회하지
말고 지금이라도 나를 피라타로 선포한 것을 철회해라."

"큭! 경고라? 내가 철회하지 않으면 네가 어쩔 거냐?"

그사이 시난의 유흥가에는 시난의 경비대가 대거 집결해
있었다. 경비대는 강력한 오르덴 무사들이 주축을 이루었
지만, 드래곤과 정령, 혹은 로아탄 노예들도 있었다. 그 숫
자는 무려 수백이 넘었다.

다모일이 생각하기에 무혼의 능력이 아무리 뛰어나다 해
도 시난의 경비대와 맞서 이기기란 불가능했다. 따라서 무
혼이 경고하듯 말하자 그것이 그저 가소롭게만 느껴질 뿐
이었다.

무혼은 그런 다모일의 마음을 꿰뚫어 보고 있었다. 그는

탄식하며 말했다.

"정말로 마지막으로 경고 아니, 부탁하는 거야. 나는 굳이 오르덴들과 적이 되고 싶은 생각은 없다. 그대는 나와 마왕들의 전투에 관여하지 말고 오르덴답게 중립을 지키는 게 어떤가?"

다모일은 코웃음 쳤다.

"큭! 네놈이 베나토르 슈이 님의 명성을 믿고 까불고 있구나. 하지만 그렇다 해도 봐주는 건 여기까지다. 나야말로 마지막으로 경고할 테니 냉큼 꺼져라."

그 말과 함께 다모일의 좌우로 하나같이 섬뜩한 기세를 내뿜는 오르덴 무사 수십여 명이 도열해 섰다. 그들 각각의 능력이 포르티나 아그노스를 능가했고, 심지어 현재의 푸르카에 못지않은 기세를 보이는 이들도 있었다.

"과연 큰소리 칠 만하군. 이들뿐 아니라 밖에도 꽤 많이 모여 있는 것 같은데 말이야."

무혼이 감탄하는 표정을 짓자 다모일이 득의만만한 미소를 지었다. 그는 무혼이 겁을 먹었다고 확신했다.

"네놈은 내가 그냥 보내줄 때 갔어야 했다. 지금은 너무 늦었어. 냉큼 무릎 꿇어라. 조금이라도 편히 죽고 싶으면 말이야."

"안타깝군."

무혼은 어깨를 으쓱하더니 오른손을 슥 휘저었다. 그러자 백색의 섬광이 무혼의 손에서 뻗어 나가 공간을 누비기 시작했다.

번쩍! 번쩍!

다모일은 그저 눈부신 빛이 몇 번 빛나는 것만 목격했을 뿐이다. 그것은 무혼의 뒤에 있던 푸르카나 포르티 등도 마찬가지였다.

그러나 그 순간 다모일과 그의 좌우에 도열해 있던 오르덴 무사들이 일제히 눈을 부릅떴다. 그들은 무혼이 날린 백색의 섬광이 그들이 가진 힘의 근원을 자극하고 갔음을 깨닫고 정신이 반쯤 나가 버렸다.

특히 다모일의 충격은 이루 말할 수가 없었다.

'으으! 이런 말도 안 되는……'

그는 꼼짝을 할 수가 없었다. 백색의 섬광은 그저 살짝 힘의 근원들을 스치고 지나갔지만, 그로 인해 다모일은 당분간 운신이 힘들 정도의 큰 충격을 입은 터였다. 자칫 무리하게 움직였다간 힘의 근원이 흩어지며 그의 몸이 영구히 소멸되어 버릴 위험도 있었다.

그런데 그것은 다모일뿐만 아니라 다른 오르덴 무사들도 마찬가지였다. 이곳 술집 안에 들어온 이들은 시난의 오르덴 경비대 중에서도 가장 강한 능력을 지니고 있는 정예들인데, 그들 모두가 빈사 직전의 상태가 되어 버린 것이었다.

무혼이 다모일의 앞에 다가와 나직이 말했다.

"네가 날 피라타로 선포했으니 나 역시 피라타답게 행동해 주마. 그냥 가면 아주 섭섭할 테니 적당히 털어가도록 하지. 그래도 상관없겠느냐?"

다모일은 고개를 흔들려 했다. 그냥 가도 절대로 섭섭하지 않다고 말하고 싶었지만 그러기에는 무혼의 눈빛이 너무 섬뜩했다. 어쩔 수 없이 그는 대답했다.

"뭐, 뭐든 필요한 것들이 있으면 적당히 가져가도록 하시오."

"좋아. 그렇다면 시난의 총독으로서 정식 명령을 내려라."

무혼이 마음대로 털어갈 수 있도록 방해하지 말라는 명령을 내리라는 것이었다. 정말로 말도 안 되는 명령이지만 거부하는 순간 다모일은 자신이 소멸될 수도 있다는 생각에 두려워 떨었다.

다모일은 문득 자신을 기다리고 있는 사랑스러운 애인을 떠올렸다. 그녀는 유레아즈가 선물해 준 마족 애인으로 무척 아름다웠고 매혹적이었다. 그녀를 다시 보고 싶었다. 다시 보는 정도가 아니라 영원히 그녀와 행복하게 살고 싶었다.

죽으면 모든 것이 끝이다. 무조건 살고 봐야 한다. 시난의 총독으로서 영구히 누려 왔던 권력과 향락을 앞으로도 계속 누리려면 어떻게든 살아야 한다. 총독의 명예나 자존심 따위는 오크에게나 줘 버려라.

"시, 시난의 총독으로서 명령을 내린다. 피라타……아니, 용자 무혼 님이 하시는 일에 누구도 방해하지 말라."

시난 총독의 정식 명령이 떨어졌다. 그러자 무혼이 씩 웃고는 고개를 돌려 말했다.

"들었소? 알아서 챙기시오. 피라타답게 적당히."

순간 푸르카가 통쾌한 듯 크게 웃으며 고개를 끄덕였다.

"크하하하! 물론이오, 선장."

포르티와 아그노스 역시 두 눈이 휘둥그레 변했다.

"크흐! 다른 건 몰라도 피라타답게 적당히 터는 건 정말 잘할 수 있다, 선장."

"호호홋! 피라타답게 적당히! 지금껏 들어본 그 어떤 말보다 마음에 드는 걸."

그들은 설마 무혼이 마음껏 해적질을 해도 된다는 말을 할 줄은 몰랐다. 그들은 어쩌면 두 번 다시 이런 신 나는 기회가 돌아오지 못할 수도 있다는 생각에 바쁘게 움직이기 시작했다.

"흐흐! 일단 이 술집부터 적당히!"

"바보니? 고작 술집이 뭐야? 거래소부터 적당히 털어야지."

그러나 그사이 포르티는 이미 번개처럼 술집의 금고를 턴 후였다.

"크흐! 둘이 몰려다닐 필요 있겠느냐? 나는 유흥가를 털 테니 너는 가서 거래소를 적당히 털어라."

"호호! 좋아."

포르티와 아그노스는 어디론가 사라졌다. 그들은 적당히란 말을 무척 강조했는데 과연 정말로 적당히 털지 의문이었다.

그사이 푸르카는 술집 한쪽에서 불안한 표정으로 웅크리고 있는 드래곤 노예들을 향해 다가갔다. 그는 잡아먹을 듯 사나운 눈초리로 그들을 노려봤다.

"못난 것들! 세상의 드래곤 망신은 다 시키고 있구나. 그렇게 치욕을 당하면서도 살고 싶었느냐? 마족들의 수발을 들면서 더럽게 살고 싶더냐? 너흰 차라리 혀를 깨물고 뒈져야 했다."

"……."

드래곤들은 고개를 푹 숙인 채 아무런 말도 하지 못했다. 푸르카가 말했다.

"큭! 드래곤의 명예를 더럽힌 너희들을 두고두고 괴롭혀 주지. 따라와라. 너흰 이제부터 이로이다 호의 선장이신 용자 무혼 님의 소유다."

베카를 집중적으로 노리는 포르티 등과는 달리 푸르카는 적당히 터는 것의 대상으로 드래곤 노예들을 선택했다. 내친김에 그 옆에서 청승맞은 표정으로 웅크려 있는 정령 노예들도 모조리 챙겼다.

"냉큼 따라 나오지 못하느냐? 뭘 꾸물대고들 있는 것이냐?"

푸르카는 다른 술집이나 도박장 등에 잡혀 있는 노예들도 챙기기 위해 바쁘게 움직였다. 그 뒤를 노예들이 뒤따랐다. 푸르카의 퉁명스러운 음성과는 달리 실상 그가 노예들을 구해 주기 위해 챙기고 있음을 무혼은 알 수 있었다.

그때 무혼의 귀에 소옥의 음성이 들려왔다.

(무혼, 나도 하나만 적당히 챙기면 안 될까?)

(네가 챙기고 싶은 것도 있느냐?)

무혼은 설마 소옥이 그런 말을 할 줄은 몰랐다. 소옥이 대답했다.

(응. 나라고 뭐 욕심이 없겠어? 이로이다 호는 너무 작잖아. 부두에 보니 꽤 크고 쓸 만한 배가 한 척 있어서 말이야.)

그러고 보니 소옥은 배를 탐내고 있는 것이었다. 그녀가

선택한 것은 콘딜로스 마왕의 아들 사티스가 사용하던 전
함으로 이로이다 호보다 수십 배 이상 거대했다. 소옥은 그
전함의 모습을 무혼의 시야에 보여 주었다.

무혼은 흔쾌히 고개를 끄덕였다.

(좋아. 그럼 그 배로 갈아타도록 하지.)

오르덴의 도시도 털고 있는 와중이다. 하물며 마족의 물
건을 터는 데 그 어떤 죄책감이 있으랴. 이로써 본래 있던
이로이다 호는 폐기되고 그와 비할 수 없이 거대한 새로운
전함이 이로이다 호가 되었다.

일반적인 상식대로라면 이토록 거대한 전함을 움직이는
데는 아주 많은 선원이 필요하겠지만, 어차피 소옥이 있는
이상 선원은 한 명도 없어도 된다. 차원의 좌표 항로 지도
만 구해 주면 소옥이 알아서 조종할 것이니 무혼은 부담을
느낄 필요도 없었다.

'그럼 나도 움직여 볼까?'

선장인 무혼이 적당히 터는 일에 직접 합류하는 것은 다
소 채신머리없어 보인다. 그러나 선원이 워낙 적은 지금은
채신을 따질 때가 아니라 한 손이라도 거들어야 할 때였다.

무혼은 비밀 도서관에 가서 책과 각종 자료들을 모조리
싹쓸이해 아공간에 챙겨 넣은 후 곧장 거래소로 갔다. 그곳
에는 이미 아그노스가 베카를 몽땅 쓸어간 후였고, 거래사

니클이 망연자실한 표정으로 서 있었다.

니클은 무혼을 알아보고 두려워했다. 그는 무혼이 피라타가 되었으며, 그로 인해 시난을 상대로 해적질을 하고 있는 것을 알고 있었다.

"여, 여긴 더 이상 털 것이 없습니다. 이미 당신의 부하가 베카와 각종 물품들을 모조리 털어갔습니다. 크윽! 저는 이제 끝입니다."

"어차피 총독이 명령을 내렸으니 그대의 잘못은 없는데 왜 끝이라 생각하는가?"

"시난은 조만간 망할 것입니다. 피라타에게 약탈을 당한 항구에 어느 누가 정박하러 오겠습니까? 저는 이제 일자리를 잃었습니다."

그렇게 거래사 니클은 실직하게 되었다고 푸념하며 울상이었다. 무혼은 의미심장한 미소를 지으며 말했다.

"그렇지 않아도 그것 때문에 왔지. 내게 고용될 생각 없나? 급료는 섭섭지 않게 쳐주도록 하겠다."

그 말에 니클은 어이없어하는 표정을 지었다.

"그게 지금 말이 된다고 생각하십니까?"

"안 될 건 또 없지 않나?"

"제가 볼 때는 말이 안 됩니다. 당신은 피라타입니다. 제 능력이 필요하면 그냥 강제로 잡아다 일을 시키면 저는 거부할 수 없을 것입니다. 저는 살기 위해서 일을 해야 될 테니까요. 그런데 왜 제게 의사를 물어보시는 것인지 모르겠습니다."

그 말에 무혼은 빙그레 웃었다.

"나를 오해하고 있군. 나는 피라타가 아니야. 다만 나를 피라타로 보는 놈들에게만 피라타가 될 뿐이지."

"그게 무슨 뜻인지……."

"이곳의 총독인 오르덴 녀석이 나를 피라타로 선포했으니, 나는 놈의 재산을 약탈한 것뿐이다. 다른 자들에게는 아무런 유감이 없어."

"그렇다면 제가 당신의 제의를 거부해도 되는 것입니까?"

무혼은 고개를 끄덕였다.

"물론이야. 하지만 실직자가 일자리를 거부하는 건 별로 보기 좋은 일이 아니겠지."

니클이 웃었다.

"오르덴들은 베카가 있는 곳으로 모여들지요. 저 역시 마찬가지입니다. 당신이 보수를 많이 주신다면 저는 얼마든지 일할 용의가 있습니다. 하지만 만일 당신이 빈털터리가 되어 급료를 주지 않는다면 저는 당신을 배신할 것입니다."

"그 말은 내가 급료만 제때 준다면 날 절대 배신하지 않겠다는 말인가?"

"그야 물론입니다. 그 조건만 충족되면 영원히 당신을 위해 일할 수 있습니다. 물론 제 능력이 필요 없어지면 언제든 해고하셔도 좋습니다."

"좋아. 그 말 잊지 마라."

마음으로 충성을 한다는 말보다 베카를 받고 충성을 한다는 니클의 말에 무혼은 오히려 마음이 편했다.

"그런데 저의 어떤 능력 때문에 고용을 하시려는지 궁금합니다."

"차원의 좌표를 찾아내고 항로 지도를 작성하는 능력. 내가 피라타로 선포된 이상 앞으로 항구에 정박해 그것을 알아보기가 쉽지 않을 것 같아서 말이야."

사실 무혼은 이로이다 대륙의 현자 루인이 조언해 준 내용을 떠올리고 니클을 고용하고자 한 것이었다. 과연 그녀의 말대로 차원의 바다는 매우 방대했다. 특히나 소옥이 배를 보호하고 조종하는 능력은 탁월하지만 좌표를 찾아내는 것은 매우 힘겨워하는 상황이라 좌표 전문가가 더더욱 절실히 필요했다.

그러자 니클이 난색을 표했다.

"저는 차원의 바다에서 이루어지는 각종 물품들의 거래

에 능할 뿐입니다. 베카를 통해 뭔가를 사고파는 일이라면 자신 있지만 차원의 좌표를 찾아내는 능력은 없습니다."

"하지만 아깐 유레아즈 마왕이 있는 마계로의 좌표 지도를 만들어주지 않았나?"

"그건 저 안에 있는 차원 측량사 슈타딘이 한 일입니다."

니클이 뒤쪽 측량실의 방문을 가리켰다. 무혼이 고개를 끄덕이자 니클은 방안에서 두툼한 안경을 쓰고 있는 오르덴 청년 슈타딘을 데리고 나왔다. 슈타딘도 피라타 무혼에 의해 시난이 약탈당하고 있는 상황에 당황했는지 울상을 짓고 있었다.

"둘 다 고용하지. 급료는 이곳에서 받는 것의 두 배를 주겠다. 하는 일은 동일하다. 니클, 너는 이로이다 호의 물품 관리와 거래를 맡고, 슈타딘은 내가 원하는 차원의 좌표 지도를 작성하면 된다."

그러자 이번에는 슈타딘이 난색을 표했다.

"저야 급료를 두 배로 주신다면 얼마든지 일할 용의가 있습니다만 차원의 좌표를 측량하려면 차원 측량기가 필요합니다."

"차원 측량기라면 이곳에 있지 않나?"

"물론 있습니다만 그건 총독 다모일 님의 소유라……."

"저건가?"

무혼이 측량실에 있는 거대한 수정구를 가리켰다. 슈타딘이 끄덕였다. 그러자 무혼이 수정구를 아공간으로 집어넣어 버렸다. 또한 측량실에 있던 거대한 차원의 지도와 갖가지 쓸 만해 보이는 도구들도 모조리 챙겨 넣었다.

　어차피 약탈하는 마당에 뭔들 가릴 필요가 없다. 무혼은 측량에 필요한 물건들을 모조리 챙긴 후 말했다.

　"이제 됐나?"

　"예. 충분합니다. 하하."

　"그럼 됐어. 날 따라와라."

　슈타딘과 니클은 상기된 표정으로 무혼의 뒤를 따라갔다.

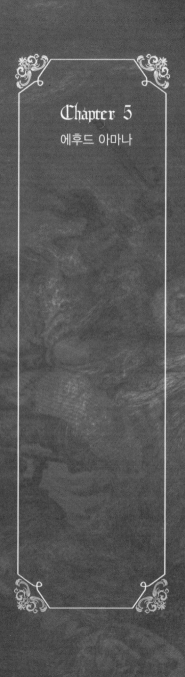

Chapter 5

에후드 아마나

　화려한 백색의 돛이 펄럭이는 거대한 전함. 본래는 마족
사티스가 사용하던 전함 〈사티스 아므 콘딜로사우르스 호〉
가 무혼의 소유가 되며 명칭도 〈이로이다 호〉로 바뀌었다.

　그런데 그대로 사용하기에는 다소 문제가 있었다.

　일단 보기 흉한 악마 형상의 선수상은 무혼이 대뜸 박살
내 버렸지만, 온갖 흉물스러운 짐승과 마족들의 형상이 그려
져 있던 돛들은 보기 좋은 새로운 돛으로 갈아치워야 했다.

　게다가 배에는 사티스의 권속들도 남아 있었다. 그것들은
모두 마기를 짙게 풍기는 마물들이었다.

　그런데 무혼이 사티스의 진원마기를 흡수했던 까닭에 자

연스레 그들은 무혼의 권속이 된 상태였다. 끔찍한 형상을 가진 마물들, 그것들에 비하면 이로이다 대륙의 오크들이 천사처럼 멋지고 아름다워 보일 정도였다.

물론 마물 중에도 서큐버스와 인큐버스라는 이름을 가진 아주 뛰어난 용모를 지닌 것들이 있었다. 색기가 잔뜩 넘치는 것을 보니 사티스가 어떠한 용도로 그들을 사용했는지 충분히 짐작할 수 있었다.

무혼은 마물들이 자신의 권속이 된 것을 확인한 터라 일단 두고 보기로 했다. 마왕과 전쟁을 벌여야 할 상황에 무려 수천이 넘는 마물 권속들은 적지 않은 힘이 될 수 있었다. 어차피 모습만 흉측할 뿐, 이미 자신의 충실한 권속이 된 이상 굳이 죽일 필요는 없지 않겠는가.

무혼은 마물 권속들을 갑판 밑의 선실 중 가장 아래층으로 몰아두고는 선박의 개보수 및 도색 작업에 착수했다. 보기 싫은 형상의 무늬들은 다 지우거나 떼어 버리고 칙칙하고 흉물스러운 돛들도 깨끗한 백색의 돛으로 갈게 했다.

선박의 크기가 거대한 만큼 무혼은 시난의 오르덴들을 대거 동원해 작업을 시켰다. 남 부려 먹는 일에 매우 능숙한 푸르카와 포르티 등이 진두지휘해 움직이니 그러한 작업도 순식간이었다. 각종 필요한 자재들은 시난 도처에 널려 있었다.

도색 및 개보수 작업이 끝나자 푸르카 등은 다시 시난에서 괜찮아 보이는 것들을 다 이로이다 호로 쓸어 담았다. 멋진 조각상들이나 장식물은 물론이요, 심지어 쓸 만해 보이는 유흥가의 카페 건물이나 레스토랑 건물을 일부 혹은 통째로 이로이다 호에 옮겨놓기도 했다.

그러다 보니 이로이다 호는 그야말로 화려하기 이를 데 없는 초호화 유람선으로 변해 있었다.

그렇게 마지막까지 악덕 피라타로서의 본분을 다한 무혼은 참담하게 일그러진 채 주저앉아 있는 시난의 총독 다모일을 뒤로하고 이로이다 호를 출항시켰다.

촤아아아.

이로이다 호는 수면 위에 기다란 물 띠를 형성하며 앞으로 나아갔다. 배는 순식간에 시난의 부두에서 멀어졌다. 화려한 항구 도시 시난이 있던 섬은 어느덧 수평선 멀리 점이 되어 사라져 버렸다.

도시 광장처럼 드넓은 이로이다 호의 갑판에는 푸르카가 챙긴(?) 노예들 70여 명이 도열해 있었다. 노예들 중 반이 드래곤이었고 나머지 반은 정령들과 엘프, 그리고 매구라 불리는 이세계의 이종족들이었다.

사정을 들어보니 드래곤들을 포함해 이들 노예들은 어느 한 세계에서 몽땅 붙잡혀 온 것이 아니라 모두 각각 다른 세계에서 끌려온 것이었다.

공통점이 있다면 그들을 이끌던 용자들이 모두 마왕들에게 죽음을 당했는데, 끔찍하게도 해당 세계들이 모두 마왕들의 마계로 흡수되었다 했다. 그로 인해 이로이다 대륙의 시간으로 따지면 이미 대략 수천 년 전부터 마족들의 노예 생활을 해오던 드래곤들도 있었다.

그중에서 무려 수천 년 동안 이 항구 저 항구 팔려 다니며 결국 시난 항까지 흘러들어와 술집의 작부로 살아야 했던 한 여성 드래곤의 사연을 들어보니 그야말로 눈물이 날 지경이었다.

백발의 미녀 드래곤 티란느는 당시 함께 노예가 되었던 드래곤들이 모두 죽고 자신만 살아남았다며 한탄했다. 그녀의 나이는 이로이다 대륙의 드래곤 로드인 푸르카보다는 적었지만 포르티나 아그노스보다는 많았다.

드래곤들도 그 지경인데 다른 종족은 오죽하겠는가. 수명이 짧은 인간들의 경우 노예로 살다 몇십 년 내에 대부분 죽어 없어지고, 드래곤, 정령, 엘프, 매구처럼 수명이 긴 종족만 지금껏 버티고 산 것이었다. 드래곤이나 정령은 원래 오래 살지만, 엘프나 매구들도 간혹 천 년 이상을 살기도 한다.

푸르카가 냉랭한 표정으로 외쳤다.

"모두 들어라. 나는 별로 내키지 않지만, 너희들을 노예로

부리지 말라는 선장님의 특별한 배려의 말씀이 있었다. 따라서 이제부터 너희들은 더 이상 노예가 아니며, 원한다면 이로이다 호의 선원이 될 수 있는 자격도 주겠다."

그 말에 모두들 놀라는 기색이었다. 오래도록 노예 생활에 길들여진 그들은 자신들이 당연히 피라타 선원들의 농락거리가 되기 위해 끌려온 것이라 생각했기 때문이다.

그런데 더 이상 노예가 아니라니. 그들은 그 말을 믿을 수가 없었다.

"정말로 우리가 노예가 아닌가요?"

"이로이다 호의 선원이라는 것이 무엇을 하는 것이죠?"

그들은 혼란스러운 표정으로 물었다. 선원이 곧 노예가 아닌가 하는 의심을 하기도 했다. 그러자 그들을 보고 있던 무혼이 중후한 음성으로 외쳤다.

"노예와 선원은 다르다. 노예는 말 그대로 노예로 오직 복종만 하는 존재이며, 주인의 소유물에 불과할 뿐이다. 그러나 선원은 소유물이 아닌 동료와 같은 존재다. 선원은 각자의 일에 대한 적정한 급료를 받으며 장차 이로이다 호에서 드래곤이면 드래곤답게, 정령은 정령답게, 엘프면 엘프답게, 매구는 매구답게, 당연히 자유롭게 살 수 있게 될 것이다."

놀라서 두 눈이 커지는 이들을 보며 무혼은 말을 이었다.

"그대들은 언제고 이 배를 떠나고 싶으면 떠나도 된다. 나는 누구도 강제로 구속하지 않는다. 대신 그대들이 이 배에 있고자 한다면 선원으로서 선장인 나의 명령에 따라야 한다. 모든 건 그대들의 결정에 맡기겠다. 다시금 말하지만 나는 그대들을 노예로 부릴 생각이 없다."

무혼의 말에는 용자로서의 위엄이 있었고 마음을 울리는 호소력도 있었다. 티란느를 비롯한 드래곤들, 정령들, 엘프들, 매구들의 눈빛이 흔들렸다. 엘프들의 경우에는 눈물을 흘리기도 했다. 무혼은 잠시 침묵했다가 물었다.

"묻겠다. 그대들은 나의 동료로서 이로이다 호의 선원이 되겠는가? 이를 거부한다 하여 그 어떤 불이익도 주지 않을 것이니 염려하지 말라."

이렇게 말하는데 거부할 이유가 어디 있겠는가. 모두들 무혼에게 엎드리며 선원이 되겠다고 외쳤다.

"선원이 되겠어요."

"선원으로 받아주세요."

그런 그들의 모습을 푸르카는 회심의 미소를 지으며 바라보고 있었고, 포르티와 아그노스 역시 의미심장한 미소를 지으며 히죽거렸다.

'크흐! 드디어 아랫것들이 들어오는구나.'

'호호! 그러게. 내가 이 때를 얼마나 기다렸다고.'

무혼이야 그가 말한 대로 선원들을 노예 취급하지 않으며 잘 대해 줄 것이다. 그러나 그동안 악덕 갑판장 푸르카의 횡포에 시달리던 말단 선원 드래곤 포르티와 아그노스는 다르다. 그들은 새로 생긴 후배 선원들이 정말 눈물 나게 반가웠다. 자신들이 드디어 고참이자 선배가 되었으니 어찌 기쁘지 않겠는가.

'어서 오게, 후배들! 선원이라 해도 다 같은 선원은 아니지. 어디서나 위계질서는 필요한 법 아니겠나?'

'호호! 선원도 아래위가 있단다. 선장보다 무서운 게 고참이란 걸 알고나 있는지 모르겠구나.'

포르티 등은 무료한 차원의 바다에서 한동안 심심할 일은 없을 것 같아 신이 나 있었다.

무혼은 그런 포르티 등의 마음을 훤히 꿰뚫고 있었지만 특별히 말리지 않았다.

오래도록 노예로만 살았던 신입 선원들이 각자의 정체성을 되찾고 선원답게 생활을 하려면 푸르카와 포르티 등의 도움이 필수였다. 그들이라면 어떤 식으로든 신입 선원들의 정체성을 일깨워줄 것이라 무혼은 기대하고 있었다.

"푸르카, 그대는 지금처럼 계속 이로이다 호의 갑판장으로서 선원들을 잘 이끌어 주시오. 그리고 포르티, 너는 이로이다 호의 재무장으로 재정에 관한 모든 것을 맡아라. 시난의 거래사였던 오르덴 니클이 널 보좌해 줄 것이다."

무혼은 아그노스를 보며 말을 이었다.

"그리고 아그노스, 넌 이로이다 호의 측량장이다. 시난의 유능한 차원 측량사였던 오르덴 슈타딘이 너를 보좌할 테니 직무를 수행하는 데 큰 어려움은 없을 것이다."

선원에서 각각 재무장과 측량장으로 승진한 포르티와 아그노스는 환호했다.

"크흐! 고맙다. 아니, 고맙습니다, 선장님. 근데 재무장이 높나요? 측량장이 높나요?"

"호호! 측량장이라니. 아주 멋지네요. 그럼 재무장과 비교해서 누가 더 높은 거죠?"

이 와중에도 누가 더 높은가를 물어보는 정신 줄 놓은 드래곤들이었다. 무혼은 한숨을 내쉬며 대답했다.

"재무장과 측량장은 동급이다. 그러니 쓸데없이 힘겨루기 하지 마라."

그 말에 포르티와 아그노스는 실망의 한숨을 내쉬었다. 내심 자신이 더 높은 직위를 받기를 소망했던 그들이었다. 그러다 포르티가 불쑥 다시 질문했다.

"그럼 갑판장과 재무장도 동급입니까?"

그 말에 포르티뿐 아니라 아그노스 역시 두 눈을 초롱초롱 빛냈다. 그들은 무혼이 제발 그렇다고 대답해 주기를 바라고 있었다. 그래야 악덕 드래곤 갑판장 푸르카의 마수로부터 벗어날 수 있기 때문이었다.

한편 푸르카 역시 초조한 표정으로 무혼의 입을 주시했다. 그는 저 괘씸한 드래곤 녀석들이 자신과 동급의 직위를 받게 되면 통제가 불가능해질 것 같아 내심 걱정하고 있었다. 얼마나 의기양양하며 설쳐댈 것인지 벌써부터 눈에 선했다.

그러나 다행히 푸르카가 걱정하는 일은 벌어지지 않았다. 무혼은 포르티 등이 그러한 질문을 할 것을 예상했는지 피식 웃으며 서슴없이 말했다.

"너희도 선원은 선원이다. 선원은 갑판장의 말에 따르는 것이 맞지 않느냐?"

푸르카의 입가에 미소가 지어졌고, 포르티 등의 인상이 구겨졌다.

'제길! 친구 좋다는 게 뭐냐? 저 악덕 드래곤 밑에 꼭 우릴 둬야 속이 시원하겠냐? 엉?'

'정말 너무하는구나. 무혼, 너 그러는 거 아니다. 흥! 삐뚤어질까 보다.'

기 좀 펴고 살아보려고 했건만 하여간 무혼은 도움이 안 되는 고지식한 친구였다.

그래도 그들은 무혼이 그들을 배려해서 각각 재무장과 측량장으로 임명해 준 것은 실로 고맙게 생각하고 있었다. 푸르카가 아무리 악덕 갑판장이라 해도 새로운 신입 선원들을 놔두고 고참 선원이자 한 부서의 장들인 자신들을 굳이 굴리지는 않을 것이란 기대 때문이었다.

그사이 푸르카는 갑판장으로서 신입 선원들에게 앞으로 이로이다 호의 선원으로서 살아가려면 어떻게 해야 하는가 등을 비롯한 갖가지 방침을 전달하고 있었다.

포르티와 아그노스는 각각 자신들의 직속 부하가 된 오르덴, 니클과 슈타딘을 이끌고 사라졌다. 후배들을 굴리는 건 차후의 일이다. 지금은 각자가 맡은 일을 최대한 파악해 이로이다 호가 움직이는 데 차질이 없게 해야 했다.

그렇게 모두들 분주히 움직이는 모습을 무혼은 거대한 선미루의 후갑판 위에서 묵묵히 내려다보고 있었다. 그의 옆에는 눈부신 푸른 피부를 가진 여성 로아탄 가르니아가 두 눈을 동그랗게 치켜뜬 채 놀랍다는 표정을 지으며 서 있었다.

"정말로 저들을 무혼 님의 세계로 받아들일 생각인가요?"

"물론이오. 그보다 그대는 왜 이 배에 탄 것이오?"

이로이다 호가 출항하는 순간 가르니아가 잽싸게 달려와 갑판 위로 올라왔다. 함께 가게 해달라고 부탁하는 그녀의 부탁을 거절할 수 없어 고개를 끄덕였는데, 무혼으로서는 그녀가 왜 이로이다 호에 탑승했는지 의문이었다.

가르니아가 웃으며 대답했다.

"무혼 님은 슈이 님의 동생이잖아요. 슈이 님의 가디언인

제가 어디 남인가요?"

"누가 보면 내가 그녀의 친동생인 줄 알겠소."

"인간의 기준에 의하면 친동생이 아니지만, 정령왕의 기준으로 치면 친동생이나 마찬가지예요. 제가 슈이 님의 가디언이 된 지 일만 년이 넘도록 그분께서 누군가를 동생으로 부른 적은 한 번도 없었거든요. 그분께서 무혼 님을 각별히 생각하는 건 분명해요."

"각별이라. 그녀와 난 고작 두 번 만났을 뿐이오. 친구라 부르기엔 어색해 누나라 부르기로 했던 것이지 사실 대단히 친한 사이는 아니오."

"그게 인간의 기준으로 보면 그렇지만 정령왕의 기준에서 보면 아니라니까요. 그분께서는 무혼 님을 아주 각별히 생각하고 계신다고요. 제 말이 믿기지 않으세요? 그분께서는 절대 아무에게나 누나라고 부르라고 하지 않으세요. 사실 일만 년이 지나도록 한 번도……."

무혼은 고개를 끄덕였다.

"뭐 정령왕의 기준이 그렇다면 그렇다 치겠소. 아무튼 시난에 있어야 할 그대가 이 배에 탑승한 이유를 듣고 싶소만."

"시난은 망했어요. 피라타에게 깡그리 털렸다는 소문이 퍼지면 그 누가 시난에 정박하려 하겠어요? 조만간 차원의 바다에 시난이라는 항구는 찾아볼 수 없게 될 거예요. 그곳 섬은 버려질 것이고 도시는 폐허로 변하겠죠. 머지않아 그곳은 마족이나 피라타들의 근거지가 될 수도 있어요."

피라타에게 한 번 약탈당했다고 도시가 망한다는 말인가? 차원의 바다에서는 그것이 매우 당연한 모양이었다.

"따라서 저는 시난을 떠나야 할 상황이었어요. 슈이 님은 한번 출항하시면 빨라도 10디에스는 지나야 돌아오시는데, 그사이 제가 마족들이나 피라타들에게 봉변을 당할 수도 있잖아요. 무혼 님의 배에 타고 있으면 언제고 슈이 님을 만날 수 있겠죠."

10디에스는 이로이다 대륙의 시간으로 1백 일 즉, 대략 3개월이 넘는 시간을 의미한다. 폐허가 되고 마족이나 피라타들의 소굴이 되어갈 섬에서 가르니아가 3개월이 넘도록 남아 있는 건 확실히 위험한 일이었다.

"무슨 말인지 대략 이해는 되는군. 그런데 이 배는 지금 유레아즈 마왕이 있는 마계로 가고 있는데 괜찮소? 또한 내가 피라타로 알려진 이상 날 잡겠다고 피라타 헌터들이 시도 때도 없이 몰려올 수도 있소."

유레아즈 마왕이 있는 마계로 간다는 말에 가르니아는 놀라 두 눈을 크게 떴다. 그녀는 무혼이 유레아즈 마왕의 딸 리디아를 죽인 것도 모자라 설마 유레아즈와 싸우러 갈 줄은 상상도 못 했다.

'우왕! 멋진걸?'

그녀가 마왕에게 도전하는 용자를 보는 것도 정말 오랜만이었다. 그 전에 그런 식으로 객기를 부렸던 용자들은 모두 죽거나 마왕의 노예가 되었다. 가르니아는 몸에 전율이 일었다.

"호호! 괜찮아요. 다른 어떤 것보다 싸움 구경처럼 흥미진진한 건 없죠. 특히 상대가 마왕이라면 말이에요. 아, 물론 저는 구경만 할 거랍니다. 전 겁이 많아서 마왕과 싸우고 싶지는 않거든요."

"알았소. 그럼 그대를 이로이다 호의 손님으로 대우할 테니 편히 지내시오. 불편한 것이 있으면 갑판장이나 재무장 등에게 말하면 배려해 줄 것이오."

"천만에요. 전 손님이라고 빈둥대진 않을 거예요. 싸움만 빼고 뭐든 시켜주세요. 열심히 일할게요."

"특별히 그대에게 시킬 일은 없소만 정 일을 하고 싶으면 갑판장을 찾아가 보시오."

무혼은 그 말을 끝으로 선실을 찾아 들어갔다. 배는 소옥이 조종하고, 선원들의 문제는 갑판장이 알아서 할 것이니 무혼은 조용히 선실에 들어가 책이나 읽을 생각이었다.

시난의 비밀 도서관을 몽땅 털어왔으니 읽을거리가 제법 있었다. 물론 그래 봤자 수백 권 정도에 불과할 뿐이라 사나흘 정도의 시간이면 모조리 독파하고도 남겠지만 말이다.

유레아즈의 마계까지는 석 달 정도 걸린다 했으니 책을 읽고 남은 시간에는 수련에 몰두하며 지내기로 했다.

팔락.

무혼은 책을 펼쳤다.

차원의 서(書).

무려 380권으로 구성된 이 책들은 언제 어디서 누가 지었는지에 대해서는 나와 있지 않았다. 그저 각 권마다 차원과 관련된 갖가지 지식들이 사전처럼 나열되어 있을 뿐이었다.

그래도 무혼은 이 책을 통해 이로이다 대륙에서는 상상하지 못했던 방대한 차원에 관한 지식을 얻게 되었다.

책을 펼치자 가장 먼저 눈에 들어왔던 용어는 〈에후드 아마나〉라는 것이었다. 유래는 알 수 없지만 존재하는 모든 차원의 세계를 통칭해서 그렇게 부른다고 했다.

에후드 아마나.

이 끝없는 차원의 바다도 바로 에후드 아마나의 무한한 세계 아래 펼쳐진 것으로, 에후드 아마나는 말 그대로 '무한' 그 자체였다. 그것 말고는 다른 어떤 말로도 그 세계를 표현할 수 없기 때문이었다.

시작도 끝도 모르며, 그 한계 또한 알 수 없으니 그냥 무한한 세계라고 부른다. 그것을 누군가 무한한 연결이라는 뜻의 에후드 아마나라고 불렀다는 것이었다.

'그러니까 에후드 아마나가 차원의 바다를 포괄하는 최상위 개념의 세계라는 얘기로군.'

차원의 바다가 에후드 아마나 세계의 아주 작은 일부에 불과할 뿐이라는 것은 무혼에게도 큰 충격이었다. 지금까지는 차원의 바다 속에 모든 차원의 세계가 포함되어 있는 줄 알고 있었기 때문이다.

그런데 책을 읽어 보니 어떤 영역에서는 바다가 아닌 우주와 같은 공간을 통해서 차원을 이동하기도 하고, 혹은 끝없이 펼쳐진 황무지와 같은 대륙을 통해 차원을 이동하기도 하는 모양이었다. 다만 무혼은 그중 차원의 바다가 존재하는 영역에 속해 있을 뿐인 것이다.

'뭔가 꿈 같은 얘기구나.'

무혼은 호기심이 생겼지만 에후드 아마나에 대해 설명되어 있는 부분은 그것이 다였다. 그 이후에는 모두 차원의 바다에 대한 설명만 이어져 있을 뿐이었다.

이 차원의 서를 저술한 정체불명의 누군가도 차원의 바다 이외에 뭔가 다른 세계가 존재한다고 막연히 느꼈을 뿐 자세한 것은 모르는 듯했다.

무혼 역시 그저 막연한 개념 따위에 관심을 갖기보다는 확실히 설명되어 있는 차원의 바다에 대한 부분에 집중했다. 차원의 바다는 해역들을 중심으로 설명되어 있었다.

'차원의 해역이라.'

차원의 바다에 해역이 존재하는 것은 이미 무혼도 들어서 알고 있었다.

그저 망망하게 펼쳐져 있는 것처럼 보이는 이 드넓은 차원의 바다는 실은 무수한 해역으로 구분되어 있었다. 그것을 차원의 해역이라 불렀다.

그리고 바로 그 해역 속에 세계들이 속해 있는 것이었다. 하나의 해역에 작게는 몇 개부터, 많게는 수천 개가 넘는 세계들이 연결되어 있는 만큼 해역의 크기는 천차만별이었다.

심지어 아무런 세계와도 연결이 되지 않고 그저 다른 해역으로 이동하는 중간 경유지로서 존재하는 해역도 무수히 많았다.

현재 무혼이 있는 아르아브 해역이 바로 그런 곳으로, 그 크기가 보통의 해역을 수십 개 합해놓은 것처럼 방대했다. 그렇다 보니 이러한 해역에는 차원의 항해자들을 위한 오르덴들의 항구 도시들이 많이 존재한다 했다.

'이로이다 대륙이 속한 곳은 노지즈 해역이라고 했는데?'

난데없이 불어온 차원풍에 의해 이곳 아르아브 해역으로 이동했던 것이지, 본래 무혼의 이로이다 대륙은 아르아브 해역과 인접한 노지즈 해역이라는 곳에 속해 있었다.

사실 차원의 서가 아무리 방대한 내용을 담고 있어도 차원의 바다에 존재하는 모든 해역에 대한 내용을 설명하기는 불가능하다.

다만 무혼이 가져온 차원의 서의 책자들은 시난의 비밀 도서관에 비치되어 있었던 만큼 시난이 위치한 아르아브 해역을 중심으로 그곳과 연결되어 있는 일부 해역에 대한 내용들만 적혀 있을 뿐이었다. 다행히 노지즈 해역도 그중에 포함되어 있었다.

노지즈 해역.

이곳에는 이로이다 대륙을 비롯해 도합 133개의 세계가 속해 있는데, 놀랍게도 이중 무려 125개의 세계가 마왕들에게 복속되어 있다고 적혀 있었다.

그것은 다시 말해 그 125개 세계가 마족들이 지배하고 있는, 사실상 마계와 흡사한 곳이 되었다는 의미였다.

하나의 해역에 위치한 모든 세계들이 마왕들에게 복속되면, 그 해역 자체가 완벽한 마계로 변해버리고, 그곳을 마의 해역, 이른바 마해역(魔海域)이라 부르게 된다고 했다.

차원의 바다에 위치한 수많은 해역들 중에서 마해역의 숫자가 삼 할 이상을 차지한다고 한다. 그것은 완벽하게 마계화된 해역이 삼 할 이상이라는 말이다.

그러나 마해역이 아닌 보통의 해역에도 마족들은 진출해

있지 않은가. 대표적으로 이로이다 대륙이 속한 노지즈 해역
도 비록 마해역은 아니지만 사실상 구 할 이상이 마계에 잠식
되어 있는 상태이니 말이다.

이런 것들을 보면 이 방대한 차원의 바다에서 마왕들과 마
족들의 위상이 얼마나 대단한지 새삼 알 수 있었다.

'흠. 용자들은 다 뭘 하고 있기에 마왕들이 이토록 설치게
놔두고 있는 건가.'

무혼은 도무지 이해할 수가 없었다. 초월자의 경지에 이른
용자들은 마왕들보다 훨씬 강력하다 했는데, 그들은 다 어디
에 있다는 말인가.

무혼의 그러한 의문은 차원의 서를 계속 읽어나가다 보니
풀렸다.

분명 차원의 바다에는 초월자의 경지에 이른 강력한 용자
들이 존재는 하고 있었다. 심지어 수천 개의 세계가 위치해
있는 초거대 해역을 완전히 제패해 마왕이나 마족들이 감히
얼씬도 하지 못할 만큼 강력한 성해역을 구축한 절대 용자들
도 있을 정도였다.

언젠가 정령의 숲 도시의 술집에서 웨이터들이 사용하던
이름인 카론이나 자크 등이 바로 그와 같은 절대 용자들이었
다.

그러나 그러한 절대 용자의 숫자는 이 방대한 차원의 바다

에서는 아주 극소수에 불과했다. 그리고 그들 용자들이 존재한다는 해역은 대부분 노지즈 해역과는 아득히 먼 거리에 위치해 있어, 무혼이 그들과 마주치기란 거의 불가능하다고 봐야 했다.

다시 말해 강한 힘을 가진 절대 용자들은 지금도 쉬지 않고 마왕들과 대적하며 해역을 평정하고 있지만, 방대한 차원의 바다에서 그런 곳들은 무시해도 좋을 정도로 적다는 뜻이었다.

안타깝게도 노지즈 해역과 인접한 아르아브 해역을 비롯해 다시 그것과 연결된 수백 개 해역들 중에 그러한 초월자적 용자가 존재한다는 내용은 없었다.

용자가 하나의 해역을 완전히 제패하게 되면 그 해역은 성해역(聖海域)이 되어 외부에서 해당 해역으로 들어오는 차원의 문이 닫힌다. 오직 용자의 성(城)을 통해서만 진입이 가능한데, 이는 용자의 허락이 있어야만 해당 성해역에 위치한 세계로의 진입이 가능하다는 말이었다.

그러한 상태에서는 차원 이동을 통해 마족들이 용자의 세계를 몰래 습격하는 일은 원천적으로 봉쇄되는 것이었다.

이는 마해역의 경우도 마찬가지였다. 누구든 마왕들이 완벽히 장악한 해역에 차원 이동을 통해 진입하기 위해서는 마왕을 완전히 쓰러뜨리지 않고는 불가능했다.

따라서 성해역과 마해역이 아닌 보통의 해역은 누구나 좌표 항로만 알면 진입할 수 있고, 해역에 속한 세계를 방문하는 것도 가능했다. 현재 무혼의 이로이다 대륙이 속한 노지즈 해역이 바로 그런 상태였다.

'음.'

그렇다면 무혼은 어떤 식으로든 노지즈 해역을 성해역으로 만드는 게 좋겠다는 생각이 들었다. 그럴 수만 있다면 이로이다 대륙을 유레아즈를 비롯한 마왕의 세력들로부터 가장 안전하게 보호할 수 있을 것이다.

곧바로 무혼은 노지즈 해역에 관한 부분을 집중적으로 읽어 보았다.

노지즈 해역은 무려 133개나 되는 크고 작은 다양한 세계로 이루어진 방대한 차원의 해역이었다. 그런데 대체 어쩌다 그중 125개나 되는 세계들이 마계의 마왕들에 의해 장악되었는지. 무혼은 궁금했으나 그에 대해서 자세히 나온 부분은 없었다.

그저 125개 중 60개의 세계가 마왕 유레아즈에게 복속되고, 65개는 콘딜로스 마왕에게 복속되어 있다고만 나와 있을 뿐이었다.

이와 같은 내용들을 보자 무혼은 새삼 유레아즈 마왕이 얼마나 엄청난 세력을 가지고 있는지를 느낄 수 있었다. 콘딜로스 마왕 역시 마찬가지였다.

현재 무혼은 그 두 마왕을 모두 적으로 돌린 상황이다.

그들의 세력이 거대하다 하지만 무혼은 특별히 두렵다는 생각은 들지 않았다. 마왕의 부하들이 아무리 강력한 방어진을 치고 있어도 무혼은 그들을 무시한 채 마왕을 향해 돌진할 자신이 있으니까.

다만 마왕들이 대체 어디에 있는지 알 수 없다는 게 문제였다.

만일 유레아즈와의 전쟁이 이토록 방대한 차원의 바다를 넘나드는 광대한 영역에서 벌어지는 것이 아니라, 그저 이로이다 대륙 정도의 협소한(?) 영역에서 이루어지는 것이었다면, 벌써 승부는 끝이 났을 것이다.

그러나 이로이다 대륙과 흡사한 세계가 무려 133개나 속해 있는 초거대한 해역에서 벌어지는 전쟁이 아닌가?

무혼은 자신이 이길 수 있다고 확신하고 있지만 그 시간이 얼마나 소요될지는 아직 알 수가 없었다. 어쩌면 정말로 아득한 시간이 걸릴지도 몰랐다.

차원 측량사 슈타딘이 알아낸 유레아즈의 마계 좌표 항로도 문제였다. 그것이 유레아즈의 마궁이 있는 마계의 정확한 좌표 지점을 의미하는 것이 아니라, 그가 장악한 60개의 세계들 중 한 곳을 가리키고 있었기 때문이었다.

안타깝지만 그것이 차원 측량기가 가진 한계였다. 하지만 그것만으로도 무혼에게는 큰 도움이 되었다. 만일 그가 그려 준 좌표 항로 지도가 없다면 이곳 아르아브 해역에서 노지즈 해역으로 이동하는 것조차 쉽지 않은 일이었다.

게다가 슈타딘이 측량기를 통해 수시로 현재의 좌표를 확인하고 가장 신속한 항로를 파악해 준다면, 소옥은 그것을 참조해 예정보다 훨씬 빠르게 유레아즈의 마계에 도착할 수도 있었다.

물론 소옥 혼자서도 슈타딘이 처음 작성해 준 좌표 항로 지도를 토대로 어떻게든 유레아즈가 있는 마계를 찾아갈 수는 있었다.

그러나 항해는 예정대로만 되는 것은 아니었다. 차원의 바다에는 차원풍이나 해류 돌변과 같은 이상 상황이 발생하기에 예정보다 훨씬 늦어지거나 자칫 항로를 잃어버릴 수도 있었다.

차원의 바다에 나타나는 해류들은 이로이다 대륙에 있는 바다의 해류처럼 일관된 흐름을 갖는 것이 아니라 수시로 변했다.

문제는 그 흐름이 기상천외할 정도로 천차만별이라 때론 기류의 형태를 띠고 상공으로 쭉 펼쳐질 때도 있고, 혹은 수중으로, 혹은 다른 해역이나 해역에 속한 세계들로 이어지기도 했다. 그야말로 어떤 방향으로 흐르게 될지 알 수 없는 것이다.

그런데 차원 측량기가 있으면 뒤바뀌는 그 해류의 흐름과 방향을 정확하게 파악할 수 있게 되고, 유능한 측량사는 오히려 그것들을 활용해 목표 좌표에 대한 최단거리 항로 지도를 수시로 수정해 나갈 수 있었다.

따라서 갑판에서 그냥 배를 쳐다보고 있다 보면 배가 전방으로 가다가 갑자기 방향을 선회해 후방으로 가기도 하고, 돌연 측면으로 선회를 해서 가는 모습이 간혹 펼쳐지기도 한다.

눈으로 볼 때는 배가 다시 본래 왔던 곳으로 돌아가거나 마치 같은 영역을 맴도는 듯한 느낌이 들 수도 있지만, 실제로는 가장 빠른 속도로 목표 좌표를 향해 항해를 하고 있는 것이다.

차원의 서를 통해 그와 같은 내용들을 모두 알게 된 무혼은 측량사 슈타딘을 고용하길 잘했다는 생각이 들었다. 차원의 바다를 항해하려면 차원 측량기와 측량사는 선택이 아닌 필수였으니까.

그때 소옥의 상기된 음성이 들려왔다.

(무혼, 측량사가 좌표를 수정해 주니 이거 너무 편한 걸. 이대로라면 앞으로 3디에스 정도면 노지즈 해역에 진입할 수 있을 거

야. 그리고 다시 대략 2디에스가 지나면 유레아즈의 마계로 들어
갈 수 있어.)

(잘됐군.)

그렇다면 도합 5디에스, 그러니까 50일 정도만 항해하면
유레아즈의 마계로 진입이 가능하다는 말이었다. 슈타딘의
활약으로 항해 예정 기간이 대폭 단축된 것이다.

'일단 어느 쪽으로든 유레아즈의 세력권으로 진입만 하고
나면 그때부터는 차근차근 놈의 세력을 제거하며 마궁을 찾
아나가면 된다.'

팔락.

무혼은 계속해서 차원의 서를 읽었다. 책장을 넘겨보니 노
지즈 해역에 위치한 133개의 세계 중 아직 마왕들에게 복속
되지 않은 8개의 세계들에 대해 나와 있는 부분이 보였다.

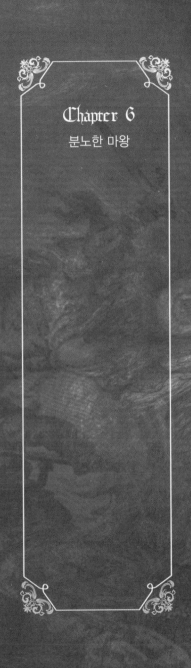

Chapter 6
분노한 마왕

암흑 속에서 빛나는 신비로운 은빛의 달. 그 아래 번쩍이
는 거대한 황금색의 궁전. 아름답지만 왠지 섬뜩한 위용을
자랑하고 있는 이 거대한 궁전이 바로 마왕 유레아즈의 마
궁이었다.

찬란한 갖가지 장식들로 꾸며진 대전의 최상좌에는 마치
암흑같이 새까만 흑발을 허리까지 길게 늘어뜨린 아름다운
청년이 다리를 꼬고 앉아 있었고, 그의 좌우로는 최상급 마
족들이 질서정연하게 쭉 도열해 있었다.

흑발 사이로 드러난 백색의 피부. 담담하게 빛나는 흑색
의 홍채는 그 어떤 보석보다 신비롭게 반짝였다. 조각같이

우뚝 솟은 콧날 아래 온화한 듯 잔잔하게 미소 짓는 가느다란 입술까지.

그는 진정 아름다웠다. 그 누가 봐도 한 번에 반할 만큼 뇌쇄적인 마력이 그에게는 있었다. 그 아래 도열해 있는 최상급 마족들 중에도 뛰어난 매력을 지닌 이들이 적지 않았지만 청년의 아름다움에 비하면 초라할 뿐이었다.

그것은 사실 당연했다. 그는 바로 모든 마력적인 매력의 원천이라 할 수 있는 마왕이니까.

마왕(魔王).

그가 바로 이 거대한 궁전의 주인이자 노지즈 해역에 속한 60개의 세계를 한 손아귀에 틀어쥐고 있는 마왕 유레아즈였다.

"그러니까 리디아가 죽었다는 말이냐?"

마왕 유레아즈가 오른손으로 왼손의 손톱을 어루만지며 중얼거리듯 물었다. 그는 마치 여성의 손가락처럼 가늘고 긴 손가락으로 하얗게 반짝이는 손톱을 툭툭 건드리다가 뭔가가 못마땅한 듯 인상을 찌푸렸다.

"말해 봐라. 내 딸 리디아가 죽었다고? 그것도 한낱 풋내기 용자 따위에게?"

그런 그의 모습을 최상급 마족들은 모두 불안한 표정으로 쳐다만 볼 뿐 감히 누구도 입을 열어 대답하지 못했다.

"왜들 대답을 안 하는 것이냐? 내 질문이 그리 어려운 가?"

물론 질문이 어려울 리 있겠는가? 유레아즈의 질문은 매우 단순하다. 최상급 마족이 아니라 갓 태어난 최하급 마물들도 답을 알 수 있을 만큼 쉬운 질문이니까.

그러나 모두들 섣불리 대답을 하지 않는 이유가 있었다. 누구든 대답을 하는 순간 자신의 말에 책임을 져야 하기 때문이었다.

대답하는 자가 뒤처리도 감당해야 한다. 대답을 잘했다고 칭찬받는 것이 아니라 유레아즈의 분노를 감당해야 되는 것이다. 자칫하면 아무런 이유도 없이 죽을 수도 있었다. 그저 대답했다는 것 하나만으로 말이다.

따라서 가만히 있는 것이 상책이었다. 유레아즈가 대답을 하지 않으면 죽이겠다고 온갖 으름장을 놓아도 일단은 묵언으로 버텨야 했다. 유레아즈의 성질이 아무리 더러워도 자신의 부하들을 모조리 죽이지는 않을 테니까.

"으득! 왜들 말이 없는 것이냐? 대답을 해! 대답을 하란 말이닷! 다들 벙어리라도 된 것이냐? 맛있는 음식을 처먹을 땐 쩍쩍 벌어지는 입들이 왜 지금은 굳게 닫혀 있는 것이냐? 엉?"

"……"

"크크크큭! 당장 대답을 하지 않으면 그 필요 없는 입들을 모조리 없애버리겠다. 두 번 다시 음식을 처먹지 못하도록 말이야. 마지막 기회다. 내 딸 리디아가 정말로 죽었느냐?"

그러자 최상급 마족 중 유독 식탐이 강한 아귀프가 흠칫 놀라더니 자신도 모르게 대답했다.

"예, 그렇습니다."

아귀프는 말을 해놓고 안색이 하얗게 변했다.

'크으! 이런 미친!'

그냥 가만히 있지 왜 대답을 했다는 말인가? 그는 자신의 입을 뭉개버리고 싶은 심정이었다.

모든 게 식탐 때문이다. 오늘 아침 식사로 신선한 엘프 열 마리를 통째로 잡아먹었지만 그사이 또 출출해진 그였다. 그런 그에게 두 번 다시 음식을 먹지 못하게 만든다는 유레아즈의 협박은 소름 끼치도록 두려운 것이었다.

그래서 무의식적으로 대답을 하고 말았던 것이다. 절대로 입이 사라져서는 안 되기 때문이다.

하지만 이제 입이 문제가 아니다. 유레아즈의 두 눈이 아귀프를 향했고, 그의 모든 분노가 아귀프를 향해 집중되고 말았다.

'크으! 난 이제 죽었구나.'

아귀프의 안색은 사색으로 변했고, 대신 다른 최상급 마족들의 안색은 희열로 가득 찼다. 그들은 아귀프의 장렬한 희생으로 자신들이 무사하리란 생각에 모두들 안도하고 있었다.

"너, 이리와 봐."

유레아즈가 아귀프를 향해 손가락을 까닥였다. 아귀프는 후다닥 달려가 그의 앞에 섰다.

"부, 부르셨습니까?"

"다시 말해봐라. 진짜 내 딸 리디아가 죽었느냐?"

"그, 그게……쿠어억!"

아귀프가 복부를 움켜쥐고 나뒹굴었다. 유레아즈가 발로 그의 배를 걷어찬 것이었다. 곧바로 벌떡 일어난 유레아즈는 아귀프를 발로 마구 짓밟았다.

퍽퍽! 우직!

"누가 뜯들이랬어? 물어봤으면 냉큼 대답을 해야 할 것 아니냐? 엉?"

"쿠어억! 자, 잘못……커억…… 용서를……케에에엑!"

아귀프의 두 눈알이 튀어나와 바닥을 뒹굴었다. 그의 양손과 팔이 잘근잘근 으스러졌고, 뱃가죽이 터져 내장이 줄줄 흘러나왔다. 그의 입은 완전히 짓뭉개져 버렸다.

끔찍한 광경이었지만 누구 하나 인상을 찌푸리는 이가

없었다. 그와 같은 광경은 마계에서는 매우 흔한 일이었고, 또한 인상을 찌푸리기보다는 매우 흥미진진한 일에 속하기 때문이었다.

물론 자신이 당하는 입장이 된다면 결코 흥미롭지 않겠지만, 남이 당하는 것을 지켜보는 것처럼 신 나는 일은 없었다.

'크크! 저 아귀프 놈, 쓸데없이 입을 열더니 잘됐군.'

'키키킥! 그렇지 않아도 보기 싫은 놈이었는데 죽었으면 좋겠구만.'

우직! 콰직! 우드드득!

광기 서린 마왕의 분풀이는 아귀프가 형체를 알아볼 수 없는 고깃덩이가 될 때까지 계속되었다.

털썩!

잠시 후 유레아즈는 씩씩거리며 의자에 앉았다. 그가 손을 슥 휘젓자 무참히 뭉개져 있던 아귀프의 모습이 순식간에 본래대로 회복되었다.

"내 딸 리디아가 죽었느냐, 아귀프?"

"예, 그렇습니다."

아귀프는 지체 없이 대답했다. 만일 또다시 늦게 대답한다면 좀 전의 그 끔찍한 구타가 반복될 것이다. 유레아즈는 아귀프를 죽음 직전까지 무자비하게 밟은 후 다시 원래대로 복원시키고, 또다시 밟고, 복원시키고. 그리고 다시 밟는 것을 반복할 것이다. 결국 마지막은 복원시키지 않고 죽임으로써 끝을 맺게 된다.

따라서 아귀프는 그런 빌미를 주지 않게 바싹 긴장했다.

"내 딸이 정말로 그깟 풋내기 용자 놈에게 죽었다는 말이냐?"

"그렇습니다. 놈에게 콘딜로스 마왕의 아들 사티스도 죽었다고 들었습니다. 또한 시난 항이 놈에게 털렸다고 합니다."

그러자 유레아즈는 싸늘히 웃었다.

"사티스 따위가 죽건 말건 내 알 바 아니야. 시난 항이 털린 것도 나랑 무슨 상관이냐? 중요한 건 내 딸이 죽었다는 것이지."

"맞습니다."

아귀프는 유레아즈에게 수백 명도 넘는 아들과 딸이 있다는 사실을 잘 알고 있었고, 실상 그들이 죽든지 말든지 그다지 큰 관심을 기울이지 않는다는 사실도 잘 알고 있었다.

그와 잠자리를 한 마족들이 어디 한둘인가? 최상급 마족 라사라도 그런 마족 중의 하나였고, 리디아도 그렇게 태어났을 뿐이다. 지금 이곳에 도열해 있는 최상급 마족들 중에서도 한 이백 명쯤은 유레아즈를 부친으로 두고 있을 정도니까.

물론 애교가 많던 리디아의 경우는 그래도 유레아즈의 관심을 받고 있는 편이었지만, 그렇다 해서 그녀의 죽음을 유레아즈가 진정으로 슬퍼할 리가 없다는 것을 아귀프는 잘 알았다.

유레아즈가 달리 마왕이겠는가. 그는 절대 자신의 자식들이라 해서 특별히 귀하게 여기지 않는다. 그런 건 인간들에게나 중요하지 마왕이나 마족들에게는 아무런 의미가 없었다.

사실 아귀프도 인간의 방식대로 따지면 유레아즈를 대충고조할아버지라고 불러야 할 것이다.

그러나 마왕에게 족보 따위는 아무런 의미가 없다. 후사따위도 의미가 없다. 한번 마왕은 영원한 마왕이고, 마왕의 자식이 후대 마왕이 되는 경우는 없기 때문이다. 마왕이 죽지 않는데 후사가 무슨 필요가 있겠는가.

결론적으로 유레아즈가 분노한 것은 그의 딸 리디아가 죽었다는 사실보다, 그것이 난데없이 나타난 풋내기 용자에 의해 이루어졌다는 것 때문이리라. 특히나 그것도 오래도록 복속시키지 못했던 이로이다 대륙의 용자로 인해 벌어진 일이라는 것이 그를 분노케 한 것이었다.

그리고 그의 분노는 분풀이가 되어 아귀프에게 쏟아질 가능성이 매우 높았다. 그런 식의 개죽음을 당하고 싶지 않은 아귀프는 용기를 내서 말했다.

"놈이 겁 없이 이곳으로 오고 있다고 들었습니다. 멍청한 놈이 죽을 자리를 찾아 들어오는 것이지요. 그런 괘씸한 놈을 그냥 죽일 수는 없지 않겠습니까? 저에게 맡겨 주시옵소서. 제가 놈의 두 눈에서 피눈물이 흐르도록 만들겠사옵니다."

"어떻게?"

네가 무슨 수로 풋내기 용자의 두 눈에서 피눈물을 나오게 만들 수 있느냐는 질문이었다. 만일 제대로 대답하지 않으면 아귀프는 유레아즈에게 죽임을 당할 것이다. 아귀프는 지체 없이 대답했다.

"그러니까 풋내기 용자가 없는 이로이다 대륙을 제가 공격해 쓸어버리겠습니다. 소중한 것이 짓밟히면 놈이 피눈물을 흘리지 않겠습니까?"

이게 말이 되는 소린지 모른다. 그러나 재빨리 대답하지 않으면 죽을 상황이라 그는 그저 머릿속에 떠오르는 대로 내뱉었다.

그런데 의외로 그 말이 구미를 당겼는지 유레아즈의 두 눈에 이채가 일었다. 그는 등을 의자에 기대 붙이며 팔짱을 낀 채로 아귀프를 노려봤다.

"여기서 이로이다 대륙으로 가려면 정령계의 해협을 통과해야 된다. 성질 더러운 정령왕들이 널 통과시켜 줄 거라 생각하느냐?"

유레아즈는 불의 정령왕 나룬과는 사이가 매우 좋지 않은 터였다. 오래전 나룬과 전쟁을 벌인 적도 있을 정도였다.

특별한 이변이 있지 않는 한 나룬은 마족들을 절대로 보내 주지 않을 것이다. 아니, 마족들이 인근 해상에 나타나기만 해도 공격을 할 것이 분명했다.

그동안 이로이다 대륙에 소수의 마족들을 아주 은밀히 그것도 매우 힘들게 파견해 다크 포탈을 만들려 했던 것도 바로 그 때문이었다. 그래야 정령왕들이 간섭할 여지가 없을 테니까.

그 사실을 아귀프가 어찌 모르겠는가. 그는 자신 스스로 그런 쓸데없는 소리를 한 입을 다시금 뭉개버리고 싶었다. 하지만 마왕 앞에서 한번 내뱉은 말을 도로 삼킬 수는 없는 일이었다.

"크흐! 뇌물 앞에 안 되는 것이 어디 있겠습니까? 저의 전 재산을 다 털어서라도 반드시 성공해 보이겠습니다."

최상급 마족 아귀프의 재산은 마족들 중에서도 손에 꼽

힐 정도로 많다. 그가 스스로 재산을 털어 정령왕들에게 뇌물을 바친다고 하니 유레아즈로서는 말릴 이유가 없었다.

"가능성은 별로 없어 보이지만 네 입으로 한 말이니 책임을 져라. 만일 실패하면 넌 죽는다."

"맡겨 주시옵소서."

아귀프는 비장한 표정으로 말했다. 그러나 그는 속으로 제정신이 아니었다. 이제는 정령왕들에게 전 재산을 뇌물로 가져다 바쳐야 할 상황인 것이다. 정말로 차라리 입이 없는 게 나은 듯싶었다.

그때 유레아즈가 말했다.

"혹시라도 성공하면 이로이다 대륙을 네게 주지."

"크흐흐! 실망시키지 않겠습니다."

아귀프의 입가에 미소가 떠올랐다. 전 재산을 다 날려도 이로이다 대륙의 군주가 되는 것은 매우 신 나는 일이었다. 그는 유레아즈에게 넙죽 절하고는 재빨리 사라졌다.

그때 유레아즈가 최상급 마족 몇을 지명하며 말했다.

"그 풋내기 용자 놈이 리디아를 죽인 것도 모자라 콘딜로스 마왕의 아들 사티스도 죽였으니, 콘딜로스 역시 놈을 죽이려 할 것이다. 또한 오르덴들의 사주를 받은 피라타 헌터들도 놈을 죽이려 할 터, 서둘러라. 만일 내 손으로 놈을 죽이지 못하면 네놈들을 갈가리 찢어 죽일 것이다."

"마, 맡겨 주십시오."

지명받은 최상급 마족들의 안색이 긴장으로 굳어졌다. 그들은 자신들이 이 임무를 완수하지 못하면 유레아즈에게 끔찍하게 죽임을 당할 것을 알고 있었다.

살아남기 위해서는 전력을 다해야 하리라. 또한 서둘러야 했다. 그들은 그 즉시 어디론가 사라졌다.

그때 유레아즈가 손을 휘저으며 말했다.

"다들 물러가라."

순간 최상급 마족들이 넙죽 엎드려 절하고는 빛살 같은 속도로 사라졌다. 대전이 조용해지자 유레아즈는 권태로운 표정을 지었다. 조금 전까지 극한 분노에 휩싸여 있었다고는 상상할 수 없을 만큼 무료해 보이는 모습이었다.

'무혼이라 했느냐? 웬만하면 쉽게 죽지 말고 최대한 발악을 해 보아라. 그래야 내 앞에서 네놈이 얼마나 보잘것없는 존재인지를 깨닫게 될 테니까.'

그는 잠시 인상을 찡그리며 생각에 잠겼다가 돌연 불쑥 외쳤다.

"심심하니 놀잇감이나 대령해."

"예, 마왕님."

곧바로 최상급 마족 중 하나가 대전으로 10여 명의 인간 여성들을 데리고 들어왔다. 아름다운 용모의 그 여성들은 유레아즈가 장악한 60개의 세계 중 한 곳에서 진상품으로 보내온 것이었다.

각각의 세계마다 유레아즈가 파견한 마족들이 있어 수시로 진상품을 보내왔다. 진상품은 인간이나 엘프, 드래곤, 머메이드 등 다양한 종족으로 이루어져 있었다.

유레아즈는 그러한 진상품들을 장난감처럼 취급하며 데리고 놀았다. 그러다 싫증나면 잔혹하게 죽여 버리거나 간혹 부하 마족들에게 던져주기도 했다. 진상품들은 어떤 식으로든 가혹하게 죽게 될 운명이었다.

"크크큭! 이리들 오너라."

마왕 유레아즈의 신비롭도록 아름다운 모습을 본 인간 여성들은 놀라움에 두 눈을 크게 떴지만, 이내 그로부터 뿜어져 나오는 짙은 어둠의 기운에 몸서리치며 두려워 떨었다.

하지만 그녀들은 유레아즈의 지시대로 따랐다. 저항은 불가능했다. 그가 바로 마왕이니까. 그녀들은 이미 모든 것을 포기했다. 그냥 순순히 능욕과 죽음을 받아들이는 게 그나마 덜 고통스러울 것이다.

그것은 그녀들뿐 아니라 그녀들이 속한 세계에 살고 있는 모두에게 주어진 비참한 운명이었다. 그들을 지켜줄 수호 용자는 이미 오래전에 마왕에게 죽은 터였다.

*　　　*　　　*

녹푸르게 반짝이던 전방의 수면이 갑자기 검붉은 색으로 변했다. 사방에 검붉은 불꽃 형상의 거품이 생겨났다. 마치 바다가 부글부글 끓어오르는 것 같았다.

오르덴 슈타딘이 차원 측량기 수정구를 살피며 다급히 외쳤다.

"전방에 염해류(炎海流)가 생겨났습니다. 염해류에서는 항속이 평소의 십분의 일로 줄어들게 됩니다. 우측으로 선회한 후 무지개 기류를 타는 것이 좋을 것 같군요. 다소 돌아가게 되지만, 그편이 염해류를 통과하는 것보다 훨씬 빠르게 목표 좌표에 도달할 수 있습니다."

"뭐 그러든지."

이로이다 호의 측량장 아그노스는 하품을 하며 고개를 끄덕였다. 그러자 슈타딘은 커다란 탁자 위에 놓인 지도 두루마리의 항로를 수정했다.

순간 이로이다 호가 우측으로 방향을 선회했다. 소옥이 슈타딘이 수정한 지도를 보고 이로이다 호의 항로를 변경한 것이었다.

촤아아아!

이로이다 호는 한동안 염해류를 피해 나아갔다. 그러나 염해류는 점차 번져갔고, 어느덧 사방의 바다가 염해류로 뒤덮여 버렸다.

바로 그때 이로이다 호의 선수 앞쪽으로 신비한 푸른빛의 거대한 띠가 모습을 드러냈다. 그 띠는 상공으로 쭉 이어져 있었다.

좌아아아아!

이로이다 호가 그 띠에 당도하는 순간 둥실 떠오르더니 상공을 빠른 속도로 비행하듯 날아가기 시작했다.

후우우우우—

갑판에서 신입 선원들을 교육시키고 있던 갑판장 푸르카의 두 눈이 휘둥그레 변했다. 물론 그는 단순히 배가 상공을 날아가는 것 때문에 놀란 것은 아니었다. 하늘을 나는 비행선 따위는 그 역시 장난감처럼 만들 수 있기 때문이다.

그러나 마치 작은 섬을 방불케 하는 거대한 이로이다 호가 난데없이 날아오른 것은 무척 의외였다. 게다가 지금은 마나의 힘을 이용해 배를 상공으로 띄운 것이 아니라 차원의 바다에 존재하는 기이한 기류를 타고 배가 날아올랐음을 그는 두 눈으로 확인할 수 있었다.

놀랍게도 투명한 푸른빛의 기류가 마치 무지개처럼 하늘 저편까지 펼쳐져 있었고, 이로이다 호는 그 기류를 따라 엄청난 속도로 이동 중이었다.

신기한 것은 이러한 상황에도 배는 요동 하나 없었다. 갑판 위에 있는 이들 중 누구도 기류에 휘말려 날아가기는커녕 심지어 불편함을 느끼는 기색도 없었다. 푸르카는 그것에 안도하긴 했지만 돌연 한숨을 푹 내쉬었다.

'그것참 별일이 다 있군. 내가 이로이다 대륙에서는 꽤나 박식한 편이었는데 여기 나오니 왠지 무식한 놈이 된 것 같구나.'

이로이다 대륙에서 벌어지는 일들 중에 드래곤 로드인 그가 모르는 것은 거의 없다고 봐야 했다. 그러나 차원의 바다에 나오니 도통 모르는 것들뿐이었다.

그렇게 푸르카가 놀라고 있는 것과는 달리 신입 선원들 중에 있는 드래곤들은 오히려 담담했다. 그들은 수천 년 동안 차원의 바다에 위치한 오르덴의 항구 술집들에 팔려 다니면서 적지 않은 항해를 경험했던 터라 차원의 바다에 이와 같은 신비한 기류들이 다수 존재한다는 것쯤은 상식적으로 알고 있었다.

그때 포르티가 갑판으로 나와 입을 쩍 벌리며 소리쳤다.

"오! 이것 봐, 배가 날고 있다. 어떻게 된 거지?"

"그냥 무지개 기류를 탄 것뿐이야. 놀랄 것 없어."

아그노스 역시 상기된 표정이었지만 측량장인 그녀는 이

미 직속 부하인 측량사 슈타딘에게 대충 설명을 들은 터라 별거 아니란 식으로 말했다. 포르티가 고개를 갸웃했다.

"무지개 기류?"

"훗, 그런 게 있어. 그냥 그런 게 있나 보다 하고 알고 있으면 돼."

아그노스가 도도하게 말하자 포르티는 힐끗 그녀를 노려봤다.

"아그노스! 너 꽤 아는 척하는구나. 그사이 공부 좀 했냐?"

"공부는 무슨. 나도 더 이상은 모르니 하는 말이지."

"그래도 이게 무지개 기류라는 것은 알고 있잖아."

"호호! 사실 나도 그런 기류가 있다는 건 조금 전에 알았어."

"흐흐! 역시 그렇군."

그들이 키득거리자 푸로카가 못마땅한 표정으로 한 소리 했다.

"쯧! 무식한 녀석들 같으니. 조용히들 있지 못하겠느냐?"

포르티 등은 움찔했다.

"그러는 갑판장님은 무지개 기류가 뭔지 잘 아시나 보군요."

"낸들 알겠느냐? 그러나 조용히 있으면 중간은 가는 법이다. 네 녀석들은 신입 선원들 앞에서 꼭 그렇게 무식한 걸 티 내고 싶으냐?"

푸르카의 말에 포르티 등은 흠칫했다. 슬쩍 고개를 돌려 신입 선원들을 보니 그들이 손으로 입을 막고 키득거리는 모습이 눈에 들어왔다. 포르티 등의 두 눈이 사나워졌다.

'으음! 저것들이 감히! 두고 보자.'

'흥! 감히 고참을 비웃어?'

포르티 등이 노려보자 신입 선원들이 움찔 놀라 웃음을 멈췄다. 그사이 이로이다 호가 다시 하강하더니 수면 위로 착지했다. 수면은 푸르고 맑았다. 무지개 기류를 타고 순식간에 염해류의 영역을 벗어난 것이었다.

촤아아아.

이로이다 호는 다시 아름답게 펼쳐진 짙푸른 바다를 누비며 나아가기 시작했다. 슈타딘이 달려 나와 아그노스에게 말했다.

"이제 이대로 1디에스 정도 항해하면 아르아브 해역을 벗어나 노지즈 해역으로 진입하게 됩니다."

"노지즈 해역? 거기가 이로이다 대륙이 속한 해역이라고 했지?"

"네, 그렇습니다."

"좋아. 넌 들어가서 혹시 또 있을지 모르는 돌발 상황을 살펴보고 있어."

"옛! 측량장님."

슈타딘이 꾸벅 허리를 숙이고 선실로 들어갔다. 푸르카와 포르티는 멍한 표정으로 아그노스를 쳐다봤다. 그들은 아르아브 해역이니 노지즈 해역이니 하는 소리가 무슨 뜻인지 알 수 없었기 때문이다.

아그노스는 거들먹거리며 말했다.

"우리는 애초에 노지즈 해역에 있었는데 차원풍에 휘말려 이곳 아르아브 해역으로 이동된 것이었어요. 이제 다시 본래의 노지즈 해역으로 가는 중이죠."

그러자 푸르카가 고개를 갸웃거리며 물었다.

"우린 유레아즈 마왕의 마계로 가는 것이 아니었느냐?"

"유레아즈의 마계도 노지즈 해역에 있거든요."

"노지즈 해역이 꽤나 넓은 모양이구나."

"잘은 모르지만 대충 이로이다 대륙을 두른 바다의 수만 배쯤 되는 규모 정도로 생각하면 될걸요? 그런데 그런 노지즈 해역이 차원의 바다에 위치한 해역 중에 꽤 작은 편에 속한다고 해요."

아그노스의 말에 푸르카와 포르티의 입이 다시 쩍 벌어졌다. 일개 해역이 이로이다 대륙을 두른 대양의 수만 배

크기라니 그게 말이 되는가? 그런데 그런 해역이 차원의 바다에서는 작은 편에 속한다니 더욱 기막힌 일이었다.

"이 차원의 바다에 해역이 몇 개나 있는 것이냐?"

"셀 수 없이 많다고 했으니 저도 모르죠."

"……."

푸르카와 포르티는 한숨을 내쉬었다. 모르는 게 약이라더니, 차원의 바다에 대해서는 뭔가를 알면 알수록 더욱 초라해진다. 그들은 왠지 이로이다 대륙의 수호자로서 떵떵거리며 살던 때가 그리웠다.

한편 무혼 역시 이로이다 호가 무지개 기류를 타는 동안 잠시 선실 바깥으로 나와 차원의 바다에서만 볼 수 있는 기경을 감상했다. 그와 같은 기경에 대해서도 차원의 서에 나와는 있었지만, 책으로 보고 기억해 둔 것과 실제 두 눈으로 체험한 것은 그 느낌이 확연히 달랐다.

'책으로 봤을 때는 그러려니 했는데 직접 보니 정말 신기하군.'

물론 차원의 바다에는 지금처럼 신비롭고 아름다운 기경만 존재하는 것이 아니다. 염해류나 차원풍처럼 당혹스러운 상황이 오히려 훨씬 많이 발생하는 편이었다.

그러나 진정으로 끔찍한 일은 사악한 마왕들에 의해서

자행되고 있었다.

유레아즈와 콘딜로스! 이 두 탐욕스럽고 사악한 마왕들이 노지즈 해역에 속해 있는 133개의 세계 중 무려 125개를 집어삼켜 버린 상태였으니까.

마왕에게 복속되지 않은 8개의 세계.

당연히 그중 하나는 무혼이 있는 이로이다 대륙이 속한 곳이었다. 또한 불의 정령왕과 물의 정령왕이 있는 정령계가 하나씩 존재했다.

아무리 마왕들이라 해도 웬만해서는 정령왕들을 건드리는 일은 하지 않는다 했다. 그들의 능력과 세력이 마왕 못지않기 때문이다.

그렇다면 나머지 5개의 세계는 어디일까?

무혼은 혹시 뛰어난 능력의 용자들이 그곳들을 지키고 있는 것은 아닌지 기대해 보았지만, 차원의 서에 나와 있는 내용은 전혀 뜻밖이었다.

놀랍게도 그곳들은 아주 악명 높은 피라타들의 근거지였다. 마왕 못지않은 능력을 지녔다는 강력한 피라타 두령들이 그곳에 똬리를 틀고 있었던 것이다.

그들이 유레아즈와 콘딜로스라는 무서운 마왕들이 활동하는 노지즈 해역의 한 자리를 굳건히 지키고 있는 것만 봐도 얼마나 대단한 능력을 지닌 이들인지 충분히 알 수 있었다.

다행히 그곳들은 노지즈 해역에서도 이로이다 대륙이 속한 세계가 있는 곳과는 거의 반대쪽 극단에 위치해 있었다. 그 덕분에 지금껏 이로이다 대륙이 그들 피라타들의 횡포로부터 무사할 수 있었던 것이었다.

그들이 이로이다 대륙을 향해 오기 위해서는 유레아즈와 콘딜로스 마왕의 영역을 지나야 하고, 그러다 자칫 마왕들과 전쟁이 벌어질 수도 있다.

따라서 그들이 굳이 이로이다 대륙을 집어삼키겠다고 올 이유는 없었다. 그럴 바에는 차라리 다른 해역의 세계를 노리는 것이 현명한 일이니까.

아무튼 그건 그렇다 치자. 그렇다면 왜 유레아즈가 아직까지 이로이다 대륙이 속한 세계를 점령하지 못한 것일까?

무혼은 그것이 심히 의문이었다. 차원의 바다에 나와 보기 전에는 몰랐지만, 막상 나와 보니 이곳은 그야말로 강자존, 약육강식의 법칙이 지배하고 있는 곳이었다.

이는 유레아즈가 마음만 먹으면 얼마든지 함대를 끌고 이로이다 대륙이 속한 세계에 침범할 수 있다는 말이었다. 그렇다면 구태여 휘하 마족들을 시켜 어렵게 다크 포탈을 만들지 않아도 그냥 차원의 바다를 항해해서 돌진해 오면 되는 일 아니겠는가.

차원의 서를 읽어 보며 무혼은 그 부분도 이해할 수 있었다.

마왕들이 노지즈 해역에서 이로이다 대륙이 속한 세계로 항해하려면 반드시 두 정령왕의 정령계들이 있는 부근을 지나야 했다.

그런데 고대부터 두 마왕들과 두 정령왕들 간의 사이는 별로 좋지 않았다. 그러다 보니 자연스레 두 정령계의 보호막 아래 있는 이로이다 대륙은 유레아즈 마왕으로부터 무사할 수 있었던 것이다.

물론 그렇다 해서 유레아즈가 이로이다 대륙에 대한 탐욕을 포기하지는 않았다. 그는 고대부터 수단과 방법을 가리지 않고 마족들을 은밀히 침투시켜 이로이다 대륙을 장악하려 했다.

그러나 그와 대항해 싸우던 이들이 있었으니, 바로 그들이 현재 무혼이 가진 팔찌의 전대 주인들이었다.

이 차원의 팔찌가 어디에서 유래한 것인지는 모르지만, 무혼은 용자의 옥좌에서의 각성을 통해 이 팔찌가 용자들에게만 전승되는 것임을 이미 알고 있었다.

그러고 보면 필리우스도, 그 전대의 팔찌의 주인들도 모두 어떤 의미에서는 용자라 할 수 있었다. 다만 그들은 초월자로서의 용자가 되지 못했고, 심지어 용자의 각성도 이

루지 못했다. 그저 간신히 당시 이로이다 대륙을 지킨 정도
로만 임무를 다하고 생을 마감했을 뿐이다.

Chapter 7

베니뉴스의 하프 연주

좌아아아!

이로이다 호가 무지개 기류를 타고 염해류를 벗어나 항해한 지 이로이다 대륙의 시간으로 사흘이 지났다.

항해는 매우 순조로웠다. 배는 빠른 속도로 아르아브 해역과 노지즈 해역의 경계를 향해 나아가고 있었다.

그사이 갑판장 푸르카는 신입 선원들을 감독하며 바쁘게 지냈다. 그러나 사실 측량실에서 측량사 오르덴 슈타딘이 항로 지도를 작성하면 소옥이 알아서 배를 조종하기 때문에 선원들이 배의 항해를 위해 특별히 할 일은 없었다.

따라서 선원들의 임무는 그냥 각자의 일을 충실히 하는

것뿐이었다. 그 일은 항해와 관련된 것이 아니라 각자가 가진 특기를 활용해 이로이다 호에 있는 다른 선원들을 위한 무슨 일이라도 하면 되는 것이었다.

이는 사실 무혼이 푸르카에게 지시한 일이었다. 공연히 신입 선원들을 굴리거나 괴롭히지 말고 각자가 잘하는 일을 알아서 하도록 분위기를 조성하라는 것이 선장 무혼의 방침이었다. 갑판장인 푸르카는 그 방침에 따랐다.

처음에는 뭘 해야 될지 몰라서 그저 어색하게만 서 있던 신입 선원들 중 가장 먼저 용기를 낸 것은 녹색 머리의 엘프 여성 베니뉴스였다.

본래 엘프 족의 현명한 마법사이자 바드이기도 했던 그녀는 푸르카에게 걸어 나오며 물었다.

"혹시 하프가 있나요, 갑판장님?"

"이거면 되느냐?"

푸르카는 아공간에서 푸른빛의 현들이 신비롭게 빛나는 하프를 꺼내 내밀었다. 베니뉴스가 탄성을 질렀다.

"아름다운 하프군요."

"이로이다 대륙의 고대 엘프 장인이 만든 것이지. 마음에 든다면 가지도록 해라."

"아, 정말 감사해요."

베니뉴스는 하프가 마음에 드는지 환하게 웃었다. 그녀

는 이로이다 대륙의 시간으로 대략 6백여 년 전 파스세르 해역에 있는 한 세계에서 마족의 노예가 된 이후 오르덴의 항구에 팔려 아르아브 해역의 시난까지 흘러들어왔다.

그녀가 있던 세계는 수호자인 용자가 없던 곳이라 당시 많은 엘프들이 마족들에게 무력하게 죽임을 당하거나 노예가 되었다고 했다.

보통 마족의 노예가 되면 비참하게 농락당하다가 결국은 잡아먹히는 것이 일반적인데, 베니뉴스의 주인이 된 마족은 도박에 미쳐 있던 터라 도박 자금을 마련하기 위해 그녀를 오르덴 머천트에게 팔아넘겼다고 했다. 그렇지 않았다면 그녀 역시 진작 죽임을 당했을 것이다.

따랑— 따라라랑—

곧바로 베니뉴스의 하프 연주가 시작되었다. 그녀는 술집에서 노예 생활을 하면서도 하프 연주를 줄곧 해왔기에 마치 물이 흐르는 것 같은 능숙한 연주가 펼쳐졌다.

그동안의 연주가 술집에 온 손님들의 비위를 맞추기 위해 강제로 한 연주였다면, 지금의 것은 그녀가 자발적으로 이로이다 호의 선원들을 위로하기 위해 하는 연주였다.

너무 오래도록 노예로 얽매여 있다 보니 아직은 자유가 무엇인지 잘 실감이 나지 않았다. 그녀는 아득히 오래전, 그러니까 6백여 년 전 마족들에 의한 재앙이 벌어지기 전에 친구들과 함께 밤하늘의 아름다운 별들을 바라보며 자유롭게 하프를 연주하던 때를 떠올렸다.

하프의 선율이 흐르면 맑은 호수 위에 비친 수많은 별들이 춤을 추었다. 바람의 정령도 나무와 물의 정령도 한데 어우러져 춤을 추었다.

정말로 아름답고 평화로웠던 그때의 추억은 지난 6백여 년 동안 암흑 속에서 죽음만 기다려 왔던 그녀에게 삶의 희망이 되어 왔었다. 간혹 꿈속에서는 아련히 그때로 돌아갔지만, 꿈에서 깨고 나면 마족의 노예, 오르덴들의 노예로서의 자신을 자각하며 얼마나 슬펐는지 모른다.

정말로 영원히 예전의 그 아름다운 시절로 돌아갈 수 없을 것이라 생각했는데, 그녀는 어쩌면 그 꿈 같은 소망이 현실로 이루어질지도 모른다는 생각이 들었다. 그대들은 더 이상 노예가 아니라 자유로운 존재라는 선장 무혼의 말이 그녀의 귓가에 계속 맴돌고 있었다.

따라라— 사라라랑—

그러다 보니 그녀의 하프 연주는 그 시절을 향한 갈망과 자유를 향한 설렘, 그리고 노예로 살았던 오랫동안의 설움이 한데 어우러져 그동안에는 상상도 해 보지 못했던 아름다운 선율을 만들어 냈다.

여러 가지의 감정이 깃들어졌지만 결국 그것은 '나는 자유로운 존재'라는 하나로 표현되었다.

함부로 말을 내뱉었다가는 모진 매질과 학대를 당해야 했던 노예로서의 오랜 삶은 그녀에게 입으로는 자신이 자유롭다는 말을 함부로 하지 못하게 했다. 지금 그녀가 그런 말을 한다고 해도 그 누구도 그녀를 핍박하지 않겠지만, 그녀는 입이 떨어지지 않았다.

그러나 신기하게도 하프의 현들을 뜯는 그녀의 손가락들은 그 누구의 눈치도 보지 않고 자유롭게 현들 사이를 누볐다. 그녀는 자신이 노예가 아닌 자유로운 존재라는 것을 입이 아닌 손가락으로 외치고 있었다.

사라라라라랑—

그녀의 연주를 듣는 선원들의 두 눈이 세차게 흔들리더니 이내 주룩 눈물을 흘렸다. 모두들 그녀의 연주를 듣는 순간 가슴속에 커다란 파문이 일어났다.

노예로서 그동안 그들은 걸어 다니는 것도, 심지어 잠을 자는 것은 물론 앉거나 일어나는 것도 통제를 받았다. 용변을 보는 것조차도 허락을 받아야 했고, 음식을 먹는 것도 그들 스스로 원하는 것이 아닌 주어진 것만 먹어야 했다.

그러다 보니 그들은 무혼과 푸르카가 그들을 향해 아무리 자유로운 존재라고 외쳐도 그것이 잘 실감이 나지 않았다. 여전히 그들은 눈치를 보고 서 있었고, 갑판 위에서 한

걸음 내딛는 것조차 마음대로 하지 못했다.

푸르카가 말하면 그냥 고개를 끄덕일 뿐이었다. 불편해도 그냥 참고, 아무 말도 없이 복종하고 있었다. 그것은 너무 당연한 일이었고, 오랫동안 몸에 배어 습관처럼 굳어져 버린 상태였다.

그런데 베니뉴스가 연주하는 하프의 자유로운 선율은 그러한 그들의 마음을 요동치게 만들었다. 그들의 경직되고 굳은 몸과 달리 그들의 마음은 음악의 선율을 따라 아름다운 자연을 마음껏 누비기 시작했던 것이다.

그러나 내심 그들은 자신도 모르게 두려움에 휩싸이기 시작했다.

과연 이렇게 자유로워도 되는 것일까?

그들은 두려웠다. 익숙하지 않은 것에 대한 두려움일 수도 있고, 노예 생활에 안주했던 것의 반발일 수도 있었다. 그들은 자유롭게 풀어지려는 마음을 다시금 붙잡으려고 안간힘을 썼다.

몸은 구속되어 있어도 마음은 자유로워야 하련만, 그동안의 혹독한 노예 생활은 그들의 마음조차 철저히 구속시켜 버린 것이었다.

그러나 베니뉴스의 진심이 깃든 연주는 신비한 마력이 있었다. 선원들이 거부하면 할수록 더더욱 더 간절히 그들

의 마음을 파고들었다. 그들의 마음을 얽어매고 누르고 있
던 족쇄들이 맥없이 풀리고 사라지고 있었다.

선원들은 말없이 울기 시작했다. 그들의 눈에서 하염없
이 눈물이 흘러내렸다. 온갖 설움이 복받쳐 오르기도 했고,
기억 속에서 지워 버렸던 아득히 오래전 자유로웠던 시절
을 조심스레 떠올려 보기도 했다.

그런데 그들뿐 아니라 푸르카와 포르티, 아그노스, 심지
어 오르덴들도 왠지 두 눈이 충혈되어 있었다. 그들은 선원
들과는 다른 의미로 연주에 감동을 받았다.

거친 성격과 달리 실상 하프 연주를 매우 좋아하는 푸르
카는 베니뉴스의 능숙한 연주 자체에 매료되어 있었고, 푸
르카와 아그노스는 베니뉴스를 비롯한 선원들의 애절했던
과거를 짐작하며 새삼 자신들이 얼마나 자유로운 존재였던
가를 되새기고 있었다.

다만 오르덴들은 무엇 때문에 자신들의 감정이 요동치는
지 알지 못해 당혹스러워했다. 돈 즉, 베카를 가장 우선으
로 알고 오직 그것만을 위해 살아가는 그들이었다.

그런 오르덴들의 마음에 베카가 아닌 다른 것이 더욱 소
중할지도 모른다는 막연한 느낌이 엄습해왔다. 그들로서는
이해할 수도 없고, 이해하고 싶지도 않은 느낌이었지만 이
상하게도 거부할 수 없는 끌림이 있었다. 그들은 자신들의

두 눈이 충혈된 것도 모르고 멍하니 베니뉴스를 쳐다봤다.

물의 정령왕 슈이의 가디언인 가르니아도 선미루의 후갑판 위에서 조용히 눈시울을 닦았다. 그녀는 엘프 베니뉴스가 노예로서의 오랜 슬픔과 시련을 아름다운 연주로 승화시켜 많은 이를 감동하게 만들고 있는 것 자체에 감동하고 있었다.

이렇게 베니뉴스의 진심이 깃든 하프 연주는 그것을 듣는 모두에게 각각 다른 감동을 주었다. 다르지만 사실 공통점은 있었다. 자유가 그만큼 소중하다는 것, 그리고 이곳 이로이다 호는 매우 자유로운 곳이라는 것이었다.

당연히 선장인 무혼도 그녀의 연주에 감동을 받았다. 그녀의 연주에는 무혼이 어려서부터 애타게 갈구하고 추구하던 것이 들어 있었기 때문이다.

살막에 강제로 끌려가 사람을 죽이는 살수가 되는 훈련을 받던 시절부터, 무혼은 자유를 꿈꿨다. 그 누구에게도, 그 무엇에게도 강제로 구속되지 않는 자유를!

그리고 이제는 무혼 자신뿐 아니라 그에게 오는 모든 이들을 자유롭게 만들기 위해 분투하고 있었다. 그것이 바로 그에게 주어진 용자로서의 사명임을 그는 각성을 통해 깨달은 터였다.

물론 무혼이 아무리 용자라고 해도 모든 것을 해 줄 수는 없었다. 그가 아무리 뛰어난 능력을 지녔다 해도 이 방대한 세계에 존재하는 모든 이들의 마음까지 자유롭게 해 줄 능력은 없으니까.

그러나 적어도 이 노지즈 해역을 어지럽히고 이로이다 대륙을 구속하려 하는 사악한 마왕들의 마수로부터는 자유롭게 해 줄 생각이었다.

'음악이 정말 좋군. 하프 연주가 다 저렇게 멋진 건가?'

물론 그것은 아닐 것이다. 베니뉴스이기에 저토록 감동을 자아내는 연주가 가능한 것이었다. 무혼은 앞으로도 그녀가 하프 연주를 수시로 해 주었으면 하는 바람이었다.

무혼의 바람대로 베니뉴스는 이로이다 호에서 그녀가 해야 할 일을 찾았다. 그녀는 연주를 하면서 자신을 억눌렀던 노예근성과 두려움으로부터 벗어날 수 있었다.

그녀는 얼굴에 구김 없이 환한 미소를 지으며 다짐했다. 앞으로도 매일 이로이다 호에 있는 선원들과 향후 들어올 수많은 신입 선원들을 위해 하프를 연주해 주겠노라고.

또한 그녀로 인해 감명받은 다른 선원들도 조금씩 자신들이 무엇을 해야 할지 느끼고 있었다. 그림을 그리는 이들도 있었고, 맛있는 요리를 만들거나 혹은 노래를 부르는 이들이 생겨났다.

모두 자발적으로 자기가 좋아하는 것들을 하는 것이었

다. 그로 인해 이로이다 호의 갑판은 날이 갈수록 활기가
넘치기 시작했다.

*   *   *

이로이다 호는 어느덧 아르아브 해역을 지나 노지즈 해
역으로 진입했다.

"하하, 레반다 대륙에서는 성년이 되면 누구나 차원의
바다로 여행을 나가는 꿈을 꾸죠. 물론 용자의 허락이 있어
야 나갈 수 있지만 말이지요."

이로이다 대륙의 시간으로 대략 1천여 년 전 마족의 노
예가 되었다가 다시 오르덴의 노예로 팔렸던 하프 엘프 레
이탄트의 말이었다.

그는 판다스마 해역에 있는 레반다 대륙이라는 곳에서
살고 있던 하프 엘프였다. 레반다 대륙은 용자의 통치 아래
인간과 이종족, 드래곤, 정령들도 함께 어우러져 평화롭게
살고 있는 매우 아름다운 곳이라 했다.

무혼이 차원의 바다에 나오기 위해 차원의 보주라는 까
다로운 물건을 만들어야 했던 바와는 달리, 그곳 대륙에서
는 누구나 용자의 허락을 받으면 어렵지 않게 차원의 보주
와 흡사한 것을 구해 바다를 여행할 수 있다고 했다.

레이탄트는 엘프 모친과 인간 부친의 사이에서 태어난 하프 블러드로, 엘프의 피를 이어받은 덕분에 수명이 대폭 늘어난 터였다.

모험심이 강한 그는 친구들과 함께 차원 여행이 가능한 함선을 구입해 차원의 바다로 나왔다가 피라타들에게 피랍되었고, 곧바로 마족들에게 팔렸다. 그리고 다시 오르덴들에게 팔린 이후 지금껏 술집의 남급 생활을 하며 근근이 버텨왔다고 했다.

그는 베니뉴스의 하프 연주를 듣고 깨닫는 바가 있었는지 레반다 대륙에서 가장 인기 있던 악기인 바이올린이라 불리는 악기를 들고 그녀와 합주를 하곤 했다.

손가락으로 현을 뜯는 하프와 달리 바이올린은 활로 현을 마찰시켜 음을 내는데, 하프와 바이올린의 애절하면서도 경쾌한 합주는 이로이다 호의 갑판에 있는 모든 이의 귀를 즐겁게 해 주었다.

처음에는 신입 선원들을 괴롭히거나 굴리겠다고 야심 차게 벼르던 포르티와 아그노스도 신입 선원들의 눈물 나는 사정들을 듣고 나자 그러한 마음이 싹 사라졌다. 그들이 비록 악덕 드래곤이긴 하지만 그렇지 않아도 고생만 죽어라 했던 신입 선원들을 또 괴롭힐 만큼 인정머리 없는 드래곤들은 아니었다.

마음이 즐거워지면 항해의 지루함도 사라지는 것일까? 무료한 항해에 무척이나 지루해하던 아그노스와 포르티도 새로운 선원들과 더불어 웃고 떠들고 함께 카드놀이도 하면서 즐겁게 시간을 보내고 있었다.

물론 수련광인 무혼은 여전히 자신의 선실에 처박혀 오로지 수련에만 몰두하고 있었지만 말이다.

선원들이 자유로워지려면, 또한 휘하의 권속들이나 동료, 친구들이 자유로워지려면, 그들을 지켜주는 용자의 힘이 강해야 한다.

따라서 무혼은 절대 현재의 경지에서 안주하지 않았다. 유레아즈 마왕과 콘딜로스 마왕뿐 아니라 노지즈 해역의 일부를 장악하고 있다는 강력한 피라타들에게 대적해 승리하고, 장차 노지즈 해역을 성해역으로 만들기 위해서 무혼은 묵묵히 수련을 해나가고 있었다.

수련시 흘리는 땀의 양만큼 실전에서 피를 덜 흘릴 수 있다. 평소 땀 흘려 수련을 하지 않으면, 실전에서는 그 흘리지 않은 땀만큼 피를 흘리게 된다는 뜻이다.

비록 살막의 교두들이 한 말이었지만, 무혼은 다른 건 몰라도 그 말 만큼은 진리라 여겼다. 그래서인지 그는 수련을 할 때가 가장 즐거웠다.

차원풍을 목격한 이후 상상의 지평에 적지 않은 확장이

이루어졌기에 나날이 새로운 초식들을 떠올리며 심검의 경지를 상승시키고 있었다.

또한 마법과 주술에 대한 연구도 게을리하지 않았다. 그 사이 이미 필리우스가 남겨둔 마법서들도 모조리 독파한 터였다.

처음에는 그저 생소하기만 한 마법이고 주술이었지만, 극의에 이르면 이를수록 무공의 난해한 경지와 흡사한 부분이 많아서 오히려 상위 단계로 올라가면서 성취가 더욱 빨라지는 기현상이 발생했다.

푸르카나 포르티 등이 들으면 기절초풍할 일이겠지만, 이미 무혼의 마법 구사 능력이나 주술 시전 능력은 그들을 초월한 터였다. 다만 무혼은 드래곤들이 기죽는 꼴을 보고 싶지 않아서 가급적 그들이 보는 앞에서는 마법을 펼치지 않기로 했다.

'폴리모프 오우거! 폴리모프 오크! 폴리모프 엘프—!'

무혼은 선실에서 갖가지 종족으로 모습을 변형시켜 보았다. 주문 즉시 그는 오우거에서 오크로, 다시 엘프로 변신했다가 본래 인간의 모습으로 돌아왔다.

'후후, 잘 되는군.'

사실 폴리모프는 드래곤들이 가진 마법 중에서 무혼이 가장 부러워했던 마법이었다. 그런데 막상 손쉽게 그것을 펼치고 나자 별다른 감흥이 없었다. 별것도 아닌데 공연히 부러워했던 듯싶었다.

'아직 안 본 책들이 좀 있을 텐데.'

무혼은 기지개를 켜고 아공간을 살펴봤다. 흑마법 서적들과 마족들의 연금술서들이 눈에 들어왔다. 그것을 본 무혼의 입가에 미소가 맴돌았다.

'잘됐어. 저거면 한동안 매우 흥미롭게 시간을 보낼 수 있겠군.'

무혼은 곧바로 흑마법 서적 한 권을 꺼낸 후 읽으려 책을 폈다. 그러다 돌연 그는 서탁 위에 책을 내려놨다.

'한동안 조용하다 했더니 이제부터 시작인 것인가?'

이로이다 호를 향해 접근하고 있는 네 척의 거대한 함선들! 그것들 안에 마족들이 득실거리고 있음을 감지한 무혼의 두 눈이 차갑게 번뜩였다.

잠시 후.

이로이다 호의 전방에 네 척의 거대한 함선이 모습을 드러냈다. 시커먼 돛과 악마 형상의 선수상! 딱 봐도 마족들의 함선이 분명했다. 높은 곳을 좋아해 스스로 돛대 위에 올라가 파수를 보고 있던 매구 로타는 선원들 중 가장 먼저 그것들을 발견하고 외쳤다.

"전방에 마족 함대입니다."

그러자 평화롭고 활기차던 이로이다 호의 갑판에 일대 소란이 일었다. 무혼의 능력을 믿고 있는 푸르카와 포르티 등은 그다지 놀라는 기색이 없었지만, 신입 선원들의 얼굴 에는 두려움이 가득했다.

푸르카가 외쳤다.

"두려워 떨 것 없다. 이 배는 안전하다."

그는 베니뉴스와 레이탄트에게 연주를 계속하라 지시했 다. 곧바로 하프와 바이올린의 합주가 시작되었고, 그것은 신입 선원들의 요동치는 마음을 상당 부분 진정시켜 주었 다.

그렇다 해도 시커먼 돛을 펄럭이는 함선들의 등장으로 인해 신입 선원들은 여전히 두려워하는 기색이었다. 그만 큼 오랫동안 그들의 마음에 마족에 대한 두려움이 누적되 어 왔기 때문이었다.

그때 그들은 이로이다 호의 선장인 무혼이 후갑판 위에 나와서 우뚝 서 있는 모습을 목격했다. 그는 네 척의 마족 함선을 보고도 눈 하나 깜빡하지 않았고, 오히려 가소롭다 는 듯 입가에 미소를 짓고 있었다.

그러한 무혼의 미소를 보자 신입 선원들은 이상하게 마 음이 차분히 가라앉았다. 베니뉴스와 레이탄트의 합주보다 선장의 자신감 있는 미소가 그들의 마음을 진정시켜주는

데 훨씬 효력이 있는 것일까?

사실 무혼은 이로이다 호의 선원들이 모르게 미리 마족 함선들을 박살 내버릴 수 있었다. 그러나 일부러 마족 함선들이 시야에 들어오도록 방치한 이유는 선원들의 눈으로 마족 함선들이 얼마나 무력하게 부서지는지를 목격하게 하기 위함이었다.

그래야 그들이 이로이다 호가 안전한 곳임을 느낄 것이기 때문이다. 또한 마족들에 대한 무조건적인 공포심으로부터 해방될 수 있을 것이기 때문이다.

좌아아아!

최상급 마족 하일러스를 함대장으로 둔 네 척의 마족 함대는 무혼의 이로이다 호를 보자마자 아무런 경고도 없이 집중 공격을 가했다.

"마탄을 발사하라!"

"조준! 발사!"

"배를 벌집으로 만들어 버려라!"

마족들의 함선에는 각각 수십여 개의 마탄 발리스타들이 장착되어 있었다. 발리스타의 외양은 이로이다 대륙에서 보던 것과 흡사했지만 크기는 대략 열 배 이상이었다.

슈슈슉! 슈슈슈슈—

거대한 화살 모양의 마탄들이 이로이다 호를 향해 날아

들었다. 마탄은 차원의 바다에서의 함대전을 위해 오래전 고안된 무기로 이것의 위력은 어지간한 드래곤들이 얼티메이트 배리어 실드를 펼쳐도 막아내기 힘들 만큼 강력했다.

그러나 마탄 발리스타가 진정 무서운 이유는 그것을 다루는 마족의 능력의 따라 마탄의 위력도 강력해기 때문이었다.

보통의 마물이나 하급 마족이 발사해도 드래곤들의 얼티메이트 배리어 실드를 뚫어버릴 정도라면, 상급 마족 혹은 최상급 마족이 그것을 발사할 경우에는 상상을 초월할 위력이 생겨날 것은 틀림없었다.

지금이 바로 그랬다. 마탄을 발사한 마족들 중에는 최상급 마족 하일러스 등도 포함되어 있었다.

'크큭! 네놈이 아무리 대단한 능력을 지니고 있어도 무차별적인 마탄 공세 앞에서는 어쩔 수 없을 것이다.'

무혼이 죽인 유레아즈의 딸 리디아는 하일러스보다 강했다. 그런 리디아를 죽인 무혼과 정면으로 맞대결을 하는 것은 심히 어리석은 짓이었다.

물론 유레아즈의 가디언들인 로아탄들도 지원을 나온 상태지만 그들이 나서기 전에 이로이다 호를 전투 불능의 무력한 상태로 만들어 버려야 했다. 그 와중에 이로이다 호의 선장인 용자 무혼이 죽는다면 더 이상 바랄 것이 없을 것이다.

슈슝— 슈슈슈슈—!

빗발이 치는 듯 날아드는 마탄들! 단 한 발만 맞아도 이로이다 호에 치명적인 타격을 가할 만큼 강력한 위력의 마탄들이 무려 백여 발 가까이 날아들고 있었다.

푸르카의 지시로 포르티, 아그노스 등은 일제히 얼티메이트 배리어 실드를 이로이다 호에 둘렀다. 그들뿐 아니라 신입 선원들 중 드래곤들 역시 자신들이 알고 있는 가장 강력한 배리어 실드의 주문을 외웠다.

그로 인해 이로이다 호의 전방에는 백여 겹의 배리어 실드들이 둘러졌고, 측면과 후방에도 수십 겹 이상의 배리어 실드들이 생겨났다.

그뿐이 아니었다. 이로이다 호를 조종하는 소옥도 자체적인 방어력을 발휘해 얼티메이트 배리어 실드와 흡사한 방어막을 이로이다 호 전체에 십여 겹 둘렀다.

(무혼, 최대한 방어막을 둘렀지만 저 마탄들을 다 막아내기란 쉽지 않겠어.)

(염려마라, 소옥. 저것들 중 단 하나도 이곳으로 오지 못할 거야.)

그러나 무혼의 말과는 달리 마탄들은 이로이다 호의 지척에 이른 상태였다. 소옥이 다급히 다시 뭐라고 하려고 하는 찰나, 갑자기 마탄들이 흔적도 없이 소멸되어 버렸다.

"크으! 저럴 수가!"

"저, 저건 말도 안 된다!"

하일러스는 두 눈을 의심했다. 다른 마탄도 아니고 최상급 마족인 자신이 날린 마탄의 위력은 가히 인텐스 오러 블레이드를 방불케 할 정도다.

게다가 거기서 끝나는 것이 아니고 마탄은 폭발하게 되어 있었다. 인텐스 오러 블레이드의 폭발은 어지간한 로아탄들도 단숨에 가루로 만들어 버릴 위력이 있지 않은가.

그런데 그것을 흔적도 없이 소멸시켜 버리다니. 그것도 하나가 아닌 백여 발에 가까운 마탄이 흔적도 없이 사라져 버린 것이었다.

그와 같은 능력은 하일러스가 생각하기에 마왕 유레아즈 정도만이 가능한 일이었다. 설마 했지만 이로이다 호의 선장인 무혼이 그만한 능력을 가지고 있을 줄이야.

'크으! 그럴 리가 없다. 뭔가 특별한 마법 도구를 가지고 있는 게 분명해.'

하일러스는 무혼이 그만한 능력을 가지고 있기보다는 오르덴들에게 뭔가 특별한 마법 무기를 구입했음이 틀림없다고 여기고 크게 외쳤다.

"머뭇거리지 말고 다시 마탄을 발사해라! 놈이 이번에는 막아내지 못할 것이다."

하일러스의 명령에 마족들은 다시 마탄 발리스타를 작동
시켰다.

슈슈슝! 슈슈슈슈—

곧바로 마탄들이 햇살같이 환한 빛을 번쩍이며 이로이다
호를 향해 날아들었다. 그러나 그것들은 또다시 이로이다
호의 지척에서 흔적도 없이 소멸되어 버렸다.

그것에 경악할 사이도 없이 하일러스는 차원의 바다 위
를 마치 산보하듯 걸어오는 한 흑발 청년의 모습을 보고 두
눈을 부릅떴다.

Chapter 8
적이지만 경의를 표한다

"저 놈은?"

하일러스는 그가 누군지 금세 알 수 있었다.

'용자 무혼!'

하일러스는 그의 싸늘한 두 눈과 마주치는 순간 비로소 그가 자신이 대적할 수 없는 절대 강적이라는 사실을 깨달았다.

그러나 그때는 이미 번쩍이는 빛에 의해 그의 몸이 두 쪽으로 쪼개지고 있었다. 하일러스뿐 아니라 갑판 위에서 마탄 발리스타를 작동시키고 있던 모든 마족들이 두 쪽이 나 버렸다.

콰직! 으지직!

"크아아악!"

"꾸아악!"

마족들은 처참한 비명을 지르며 쓰러졌다. 그들의 박살
난 다크 하트에서 쏟아져 나온 암흑 마나의 기운이 마치 정
해진 자리로 되돌아가듯 무혼의 코로 순식간에 흡수되었다.

"크윽! 감히! 각오해라."

"하찮은 인간! 네게 유레아즈 님의 분노를 보여 주겠다."

무혼이 갑판 위로 오르자 유레아즈에게 충성을 맹세한 가
디언 로아탄들이 기다렸다는 듯 공격을 가했다. 각각의 능력
이 가디언 포티아 못지않은 로아탄들이었다. 그러한 로아탄
들이 무려 여섯!

그러나 그들은 무혼의 손에서 뻗어나간 검광 앞에 먼지가
되어 흩어져 버렸다.

애초부터 상대가 되지 않는 싸움이었다. 무혼 앞에서는 최
상급 마족이건 로아탄이건 일초지적도 되지 못한다.

'쓸데없는 짓을 하는군, 유레아즈. 부하들을 보내지 말고
네가 직접 나서는 게 어떠냐.'

무혼은 갑판 위에 우글대는 마족들을 모조리 도륙해 버렸
다. 인간이라면 개선의 여지를 주겠지만 마족에게는 그러한
인정 따위는 베풀 생각이 없었다.

마족은 영원한 마족일 뿐, 절대 선하게 변하지 않는다. 그
들에게 하찮은 인정을 베풀다간 나중에 뒤통수를 맞게 될
것이고, 그때 가서 피눈물을 아무리 흘리며 후회를 해 봤자
소용없는 일이었다.

애초에 그들이 마탄 따위를 발사하지도 못하게 한 후 무
참히 수장시켜 버릴 수도 있었지만, 무혼은 아군의 사기를
고취시키기 위해 일부러 그것을 잠시 방치한 것이었다. 그래
야 선원들이 무혼의 압도적인 무력을 믿게 될 테니까.

잠시 후 네 척의 함선 위에 있던 마족들은 딱 하나를 남겨
두고 모두 전멸했다.

최상급 마족 하일러스!

그는 몸이 반쪽이 났지만 죽지 않았다. 아직 그의 다크 하
트가 박살 나지 않았기 때문이었다. 그러나 그는 짐짓 죽은
체하며 꼼짝도 하지 않았다.

'크으! 두고 보자. 언제고 네놈의 살을 씹어 먹고 말 것
이다.'

하일러스는 속으로 이를 갈았다. 그는 무혼이 비록 엄청
난 능력을 지니고 있지만, 그렇다 해도 유레아즈 마왕에게는
상대가 되지 않을 것이라 확신했다.

따라서 그는 조만간 무혼이 유레아즈의 앞에서 비참하게
찢겨 죽임을 당할 것이라 생각했다. 유레아즈는 최상급 마족

인 하일러스에게 무혼의 찢겨진 살점 한 조각 정도는 먹도록 배려를 해 줄 것이었다.

'크드득! 두고 보자!'

그때를 생각하며 하일러스는 이를 갈았다. 물론 속으로 이를 갈 뿐 몸은 꿈쩍도 하지 않았다. 반쪽이 난 몸 그대로 무참히 널브러져 있었다. 혹시라도 움직이다 무혼의 눈에 띄면 살아남기 힘들다는 것을 알고 있기 때문이었다.

그러나 하일러스는 무혼이 일부러 그를 살려줬다는 사실을 꿈에도 짐작하지 못했다. 그리고 무혼이 비릿한 조소를 흘리며 그를 쳐다보고 있다는 사실도.

저벅저벅.

무혼이 성큼 걸어와 하일러스의 반쪽 난 사체 앞에 섰다.

콰직!

곧바로 무혼의 흑색 검이 하일러스의 다크 하트를 찔렀다. 검을 통해 자신의 다크 하트에서 암흑 마나가 모조리 빠져나가고 있는 것을 확인한 하일러스가 공포에 두 눈을 부릅떴다.

"크으! 아, 알고 있었느냐?"

무혼은 말없이 그의 다크 하트에서 암흑 마나를 흡수했다. 보통 때와 다른 점이 있다면 암흑 마나를 흡수하는 속도가 매우 느리다는 것이었다.

츳! 츠으으읏!

하일러스는 자신의 힘이 아주 서서히 빠져나가는 것을 느끼며 진저리쳤다. 그것은 그가 아무리 마족이라 해도 극심한 공포를 느끼게 만들었다.

"살고 싶으냐?"

그러다 일순 무혼이 물었다. 하일러스는 반사적으로 고개를 끄덕였다. 그가 아무리 살육을 즐기는 마족이라 한들 어찌 죽고 싶겠는가. 오히려 살고자 하는 의욕은 인간의 몇십 배 이상이라고 해야 할 것이다.

츳읏!

하일러스가 살고 싶다며 고개를 끄덕였지만 무혼은 싸늘한 표정으로 다시 그의 다크 하트에서 마나를 흡수했다. 하일러스는 애타는 표정으로 간신히 외쳤다.

"사, 살려 주시오."

그는 사실 무혼이 자신을 살려 줄 것이란 기대는 하지 않았다. 죽은 척을 하다 들킨 이상 고통스럽게 죽는 것만 남아 있다고 생각했기 때문이다.

그런 그에게 삶에 대한 희망을 준 것은 무혼이었다. 무혼이 살고 싶으냐, 라고 물었을 때 그는 정말로 살려 줄 용의가 있다는 듯한 표정을 지었던 것이다.

따라서 하일러스는 필사적으로 매달릴 수밖에 없었다. 그는 다시금 애걸했다.

"제발 살려 주시오. 살려 주면 뭐든 하겠소."

반쪽이 난 얼굴, 반쪽이 난 입으로도 말을 하는 것은 별다른 어려움이 없어 보였다. 그는 인간이 아닌 마족이니 당연할 것이다. 무혼이 마나 흡수를 멈추고는 하일러스를 노려봤다.

"유레아즈의 마궁이 있는 정확한 좌표. 그걸 알려 주면 널 살려주지."

"그, 그건!"

하일러스의 두 눈이 흔들렸다. 반쪽 난 각각의 얼굴에서 눈들이 함께 흔들리는 모습이 무척 기괴했지만, 그로서는 매우 심각하게 고민하는 중이었다.

무혼이 싸늘히 안색을 굳혔다.

"살고 싶지 않나 보군. 그럼 죽어라."

무혼이 다시 마나를 흡수하기 시작했다. 그 속도는 이전과 비할 수 없이 빨랐다.

츠으으윳!

순식간에 암흑 마나의 반 이상이 빠져나가는 것을 느낀 하일러스가 깜짝 놀라 다급히 입을 열었다.

"마, 말하겠습니다. 마궁이 있는 좌표는……!"

좌표를 말하려던 하일러스의 양쪽 얼굴이 돌연 퍽 터져 버렸다. 이어서 그의 몸통들 역시 무참히 터져 나가며 육편으로 화해 버렸다.

'금제인가?'

무혼은 인상을 찌푸리며 하일러스의 사체를 내려다봤다. 마족의 주술 중에 심령에 금제를 가해 놓는 것이 적지 않다. 최상급 마족에게 그러한 금제를 가할 수 있는 존재란 유레아즈 외에는 없을 것이다.

어차피 큰 기대는 하지 않았다. 혹시라도 좌표를 알게 되면 좀 더 수월하게 유레아즈와의 전투를 끝낼 수 있으리란 생각에 하일러스를 살려뒀던 것인데, 마왕의 금제가 걸려 있을 줄이야.

그렇다면 앞으로도 마족들의 입을 통해 뭔가를 알아내기란 불가능할 것이다. 유레아즈가 권속들의 심령에는 철저히 금제를 걸어뒀을 테니까 말이다.

'어쩔 수 없지. 직접 찾아내는 수밖에 없겠군.'

무혼은 힐끗 고개를 돌려 이로이다 호의 선원들을 향해 외쳤다.

"뭣들 하는 거요? 선장인 내가 물건들을 챙겨야겠소?"

포르티 등이 반색했다.

"크흐! 그 말만 기다렸소, 선장님."

"호호호! 그럼 피라타답게 적당히 털겠어요."

포르티와 아그노스를 필두로 드래곤 선원들이 신 나는 표정으로 날아왔다. 심지어 푸르카 역시 두 눈을 반짝이며 날아오는 것이었다.

무혼은 뒷짐을 진 채로 갑판 위를 거닐며 말했다.

"발리스타들이 꽤 쓸 만해 보이니 가져다 다는 것도 좋겠군."

그러나 무혼이 굳이 그런 말을 하지 않아도 선원들은 이미 알아서 발리스타들을 몽땅 챙겨 이로이다 호로 옮기고 있었다.

그렇게 쓸 만한 무기들과 보물들을 모두 챙겨 이로이다 호로 옮겼을 때쯤 전방에 또다시 정체불명의 함선들이 나타났다.

이번에는 무려 열 척이나 되는 함대였다.

"네놈이 바로 시난에서 사티스 님을 죽인 무혼이라는 풋내기 용자 놈이냐?"

말을 들어 보니 콘딜로스 마왕의 부하들이 분명했다. 유레아즈의 함대와 달리 이들은 공격하기 전에 무혼을 향해 질문을 하는 여유를 보였다. 무혼은 고개를 갸웃하며 물었다.

"무혼을 찾는 거라면 잘 찾았다. 그런데 대체 내가 여기에 있는지 어떻게 알고 온 건가?"

유레아즈의 함대에 이어 콘딜로스 함대까지. 대체 어떻게

이 망망한 차원의 바다에서 이로이다 호의 위치를 정확히 알고 찾아오는지 의문이 아닐 수 없었다.

결코 우연하게 마주칠 만큼 좁은 곳이 아니다. 노지즈 해역 한 곳만 해도 그렇다. 이로이다 대륙의 시간으로 수백 년을 항해한다고 해도 우연히 다른 배를 만나기가 쉽지 않을 만큼 넓은 곳이 아닌가?

따라서 앞선 유레아즈의 함대뿐 아니라 콘딜로스의 함대 역시 이로이다 호의 위치를 정확히 알고서 찾아온 것이 틀림없었다.

그때 콘딜로스 마왕의 부하이자 함대장인 로아탄 베카츠가 키득거리며 대답했다.

"크크크! 궁금한가? 네놈은 오르덴들에게 피라타로 찍혀 있더군. 그들이 너의 항로를 알려 주었다. 물론 우리 스스로도 아는 방법이 있지만 오르덴들이 가장 빠르고 정확하지. 네가 아무리 항로를 바꿔도 오르덴들은 그것을 금세 파악하고 다시 알려 준다."

"그랬던가?"

무혼은 미간을 찌푸렸다. 차원의 바다에서 항해하는 배들의 위치까지 추적이 가능한 오르덴들의 능력에 새삼 감탄을 하지 않을 수 없었다.

'그렇다면 앞으로도 오르덴들에 의해 상당히 귀찮은 일이

많이 발생할 수도 있겠군.'

오르덴들이 피라타 헌터들에게 이로이다 호의 위치를 계속 통보해 준다면 무혼은 시도 때도 없이 날파리처럼 달려드는 피라타 헌터들을 상대해야 할 것이다. 물론 두려운 것은 없지만 귀찮을 것은 분명했다.

'조만간 오르덴들과 담판을 지어야겠군.'

차원의 바다에서 오르덴들을 적으로 돌리는 것은 현명하지 못한 일이라고 차원의 서에 나와 있지만, 그렇다 해서 무혼은 오르덴들에게 굽히고 들어갈 생각은 없었다.

'전쟁을 해야 한다면 한다.'

전쟁이 시작되면 무혼은 오르덴들에게 자신과 적이 된 것을 후회하게 만들어 줄 생각이었다.

그때 베카츠가 총공격 명령을 내렸다.

"뭣들 하느냐? 저 건방진 풋내기 용자 놈을 사로잡고 놈의 부하들은 모조리 죽여 버려라."

콘딜로스는 무혼을 죽이지 말고 사로잡아 오라는 명령을 내렸다. 그가 직접 무혼을 찢어 죽여 분풀이를 하겠다는 이유였다.

베카츠는 콘딜로스의 명령에 충실했다. 콘딜로스의 가디언이며 불의 로아탄인 자신이 직접 함대를 끌고 온 이상 풋내기 용자 따위는 가볍게 사로잡을 수 있을 것이라 확신했다.

기함을 제외한 아홉 척의 전함의 선장은 모두 최상급 마족들이고 각각의 전함마다 상급 마족이 1백, 하급 마족들이 수천씩 포진하고 있었다. 물론 기함에도 부제독으로 최상급 마족이 배치되어 베카츠를 보좌하고 있었다.

모두 합하면 최상급 마족 10명, 상급 마족 1천 명, 하급 마족이 대략 3만 명이다.

이 정도면 어지간한 세계는 물론이요, 웬만한 작은 해역쯤은 접수할 수 있을 만큼 막강한 전력이었다.

게다가 베카츠는 무혼에게 죽은 사티스보다 강했다. 콘딜로스의 가디언 로아탄 중 다섯 손가락 안에 드는 강력한 가디언인 것이다. 그런 만큼 베카츠가 여유로운 표정을 짓는 것은 당연한 일이었다.

그러나 그의 여유로운 표정은 무혼이 눈 깜짝할 사이에 그의 앞으로 날아드는 순간 경악으로 뒤바뀌었다. 무혼이 착지하자마자 그를 저지하던 최상급 마족과 상급마족들이 일제히 연기처럼 증발하며 사라져 버렸다.

물론 증발한 것이 아니라 가공할 검광에 의해 가루로 변한 것이었다.

촛! 츠으으읏!

그들의 다크 하트가 부서지며 내뿜은 암흑 마나는 무혼의 콧속으로 순식간에 스며들었다. 막대한 양의 마기를 흡수한 덕분일까? 무혼의 두 눈에서 번뜩이는 흑광이 더욱 짙어졌다.

번쩍.

무혼의 흑안과 마주친 베카츠는 몸을 떨었다. 믿을 수 없게도 그는 그의 로드인 콘딜로스 마왕 앞에 섰을 때보다 더욱 극심한 두려움을 느꼈다. 비로소 그는 무혼이 마족에게 있어 얼마나 끔찍한 재앙과 같은 존재인지를 깨달았다.

'이럴 수가! 마왕님이 직접 오셔도 쉽지 않은 상대다.'

그러나 그렇다 해서 물러날 수 있는 상황은 아니었다. 그는 로아탄이고, 자신이 충성을 맹세한 대상에게 죽음으로써 충성을 바치는 가디언 족이다.

베카츠는 비릿한 미소를 지으며 말했다.

"크크크큭! 로아탄으로 살아온 지 이만 년이 넘는 동안 그대처럼 강한 용자를 보는 건 처음이군. 강자에게 죽는다면 가디언으로서 영광이다."

그 말에 무혼의 두 눈에 이채가 일었다.

"마왕의 가디언이 되기엔 아까운 존재군. 어떤가? 나의 가디언이 될 생각은 없나?"

로아탄은 숙명적으로 누군가의 가디언이 되기 위해 존재한다. 그것을 알기에 무혼은·베카츠에게 자신의 부하가 되라고 말한 것이었다.

베카츠는 힘의 근원이 다섯 개 존재한다. 그는 무혼의 가디언 중 가장 강한 물의 로아탄 와테르와 비등한 전투력을 지니고 있었다.

그렇기에 무혼은 베카츠가 탐이 났다. 그의 능력도 능력이지만, 강자를 알아보고 강자에게 죽는 것을 영광으로 생각한다는 마음의 자세가 마음에 들었다. 정말로 마왕의 가디언으로 썩기엔 아까운 존재였다.

베카츠 역시 무혼을 알아봤다. 무혼이야말로 모든 로아탄들이 그토록 간절히 찾아 헤매는 초월자적 용자였기에.

그는 만일 자신이 콘딜로스를 로드로 섬기고 있지 않았다면 무혼을 만나자마자 가디언이 되게 해 달라고 스스로 간청을 했을 것이라 생각했다.

그러나 가디언으로서 한번 맹세한 것은 죽음으로써 지켜야 한다. 그는 콘딜로스를 로드로 섬기기로 맹세한 이후 지난 이만 년 동안 그를 배신한 적 없었다. 그의 명령에 따라 용자를 죽인 적도 적지 않았다.

"크크크크! 당신은 내게 그런 말을 할 자격이 있다. 그러나 나는 콘딜로스 마왕님의 가디언. 나는 죽음으로써 그분께 나의 충성을 보일 것이다."

그 말에 무혼은 탄식했다.

"그대의 충성이 왜 하필 마왕을 향한 것인지 실로 안타깝군. 만일 내가 콘딜로스를 죽이면 그땐 내게 충성하겠는가?"

그러자 베카츠가 피식 웃었다.

"불가능한 일이다. 로드가 나를 버린다면 모를까, 그렇지 않다면 나는 로드의 죽음과 동시에 죽게 된다. 위대한 초월자적 용자여! 그대와 같은 강한 용자가 나를 좋게 봐주어 실로 영광으로 생각한다. 이제 내게 영광스러운 죽음을 가질 수 있는 명예를 허락해 주겠는가?"

무혼은 베카츠를 명예롭게 보내주는 것이 그를 위한 최대한의 배려임을 알고 있었다. 속이 쓰리긴 하지만 얻을 수 없는 것에 더 이상 미련을 가질 무혼이 아니었다.

"허락하지. 비록 적이지만 경의를 표한다."

"로아탄들 중의 상당수가 당신과 같은 로드를 만나지 못해 피라타가 되곤 한다. 혹시 로아탄 피라타를 만난다면 그들에게 한 번쯤 자비를 베풀고 그대의 가디언으로 받아들여줬으면 한다."

"참고하도록 하지."

무혼에게는 뜻밖의 유용한 정보였다. 무혼이 고개를 끄덕이자 베카츠는 허리에서 차고 있던 섬뜩한 핏빛 도신의 장도(長刀)를 뽑았다.

스릉.

도갑을 집어던지고 장도를 양손으로 쥔 베카츠의 두 눈에 강한 승부욕이 서려 있었다. 비록 그는 자신이 패배할 것을 알고 있었지만, 그렇다 해도 혼신의 힘을 다해 승리를 거둬 보겠다는 필살의 의지를 내보였다.

무혼의 입가에 희미한 미소가 맺혔다. 그의 오른손에도 장도 한 자루가 나타났다. 최근에는 주로 검을 사용하는 편이지만 도를 쓰는 자가 나타났으니 같은 도로 상대해 주기 위함이었다.

무혼의 손에 도가 나타나자 베카츠의 두 눈이 커졌다. 곧바로 그는 고개를 끄덕이며 씩 웃더니 지체 없이 무혼을 향해 도를 내리쳤다. 상단에서 하단으로 내리긋는 평범한 일초식이었다.

번쩍!

그러나 마치 하늘이 두 쪽으로 갈라지는 듯 가공할 기세가 일어났다. 그것은 착각이 아니었다. 말 그대로 공간을 두 개로 분리해 버리는 가공할 도세가 형성되어 있었다.

좌우로 분리된 공간의 어느 쪽으로 피하든 연이어 쇄도하는 가공할 도강풍(刀罡風)의 공세에 박살이 나고 말 것이었다. 물론 그것은 무혼이 아닌 다른 이들에 한해서겠지만 말이다.

무혼의 도는 베카츠가 첫 번째 초식을 완성하기도 전에 그의 몸을 휘감고 지나갔다. 베카츠에게는 심히 안타까운 일이지만 그가 혼신의 힘을 다해 펼친 공간 분리 후 도강연격풍(刀罡連擊風)이라는 필살기는 무혼이 심검의 경지에 이르며 스치듯 떠올렸던 수많은 초식들 중의 하나였다.

그리고 지금 무혼이 펼친 반격은 그 초식의 빈틈을 파고든 것으로 가장 완벽하게 그 초식을 파훼한 것이었다. 이는 베카츠에 대한 가르침이며 그에 대한 배려이기도 했다.

과연 베카츠의 두 눈에 경악과 동시에 감탄이 일었다. 곧바로 그는 훌륭한 가르침에 감사하다는 듯 경외감 어린 눈빛을 무혼에게 보냈다. 그리고 그것이 끝이었다.

쩌억.

그의 상체에 비스듬한 사선이 생겨나더니 몸이 양쪽으로 쪼개졌다. 무참히 널브러지는 몸체들은 바닥에 닿기 전에 가루로 변해 흩어져 버렸다.

그사이 무혼은 무심한 눈빛으로 갑판 위의 마족들을 도륙하고 있었다. 베카츠에게는 경의를 표해 주었지만 다른 마족들에게 그러한 배려는 필요 없었다.

마족에게 자비란 단어는 머리카락 한 올만큼도 필요 없다. 무혼은 그것을 철저히 실천했다. 그의 몸이 번쩍번쩍하며 몇 번 사라졌다가 보이는가 싶은 순간 기함에 있던 수천의 마족들이 전멸했다.

그에 기겁하여 달아나는 다른 전함들의 처지도 다를 바 없었다. 푸르카 등은 마족들이 연기처럼 사방으로 흩어지는 장면을 경이로운 표정으로 지켜보고 있었다. 초월자적 강자 앞에서는 수적 우위가 아무런 의미가 없음을 느끼는 순간이었다.

무혼은 마족들의 다크 하트로부터 빠져나오는 마나를 모조리 흡수했다.

츳! 츠으으으읏!

그동안 무수한 마족들의 암흑 마나를 흡수하다 보니 이제는 웬만한 암흑 마나를 흡수해도 그다지 차이가 없었다. 한때는 암흑 마나를 흡수할 때마다 진원마기의 절대량이 증가하는 재미가 있었는데, 이제는 그 증가량이 매우 미미했다.

그러나 지금처럼 수많은 마족들을 죽이고 얻은 암흑 마나의 총량은 상상초월이었다. 이제 그의 진원마기 축적량은 어지간한 마왕을 능가할 정도였다. 그러나 아무리 상단전이 가히 무제한의 수용량이라 할 만큼 확장되었다 해도 한 번에 너무 과대한 양의 암흑 마나를 받아들이면 다소 무리가 따를 수 있었다.

무혼은 상단전에서 폭풍처럼 요동치는 진원마기를 진정시키려 진원심법의 운공을 시작했다.

그 사이 포르티와 아그노스 등은 눈치껏 건너와 피라타로서의 적당한 본분을 다하고 있었다. 그들은 쓸 만한 것들을 잘 찾아내는 초감각이 있었기에 함선의 선실 깊숙한 곳에 숨겨둔 보물들도 그들의 눈을 벗어나지 못했다.

그런데 그때 또다시 이로이다 호를 향해 접근하는 함선들이 있었다. 놀랍게도 이번에는 그 숫자가 엄청나게 많았다. 전방에 언뜻 보이는 것들만 해도 수십 척이었고, 후방에도 그 못지않은 숫자의 함선들이 나타났다.

'오르덴들이군.'

진원심법의 운공을 마친 무혼은 이미 그들의 접근을 감지한 터였다. 차원의 바다 전역에 걸쳐 방대한 세력을 구축한 오르덴들이라 하더니 과연 대단했다. 무혼이 세어보니 함선이 무려 80척이 넘었다.

'작정하고 찾아온 건가?'

물론 오르덴 함선들의 숫자가 80척이 넘는다고 해서 무혼이 두려움을 느낄 일은 없었다. 방금 전 콘딜로스 마왕의 전함 10척에 득실대던 마족들을 가볍게 몰살시킨 것처럼 오르덴 함대를 전멸시키는 것 또한 어려운 일이 아니니까.

다만 80척에 있는 오르덴들을 모조리 궤멸시킨다는 것은 아무리 무혼이라 해도 다소 번거로운 일이 아닐 수 없었다. 또한 마족이 아닌 오르덴들을 그토록 많이 죽인다는 것은 결코 내키지 않는 일이다.

물론 기어코 전쟁을 원한다면 오르덴들을 마족처럼 대해 주겠지만, 그래도 한 번쯤 대화를 해 볼 필요는 있었다. 물론 오르덴들 모두가 시난의 총독 다모일처럼 마족들과 결탁한 상황이라면 대화가 무의미하겠지만 말이다.

오르덴 함선들은 섣불리 접근하지 않고 멀리서 포위망만 형성했다. 그들은 조금 전 무혼에게 유레아즈 함대와 콘딜로스 함대가 전멸한 것을 알고 있었는지 다가오길 꺼려했다.

아르아브 해역 오르덴 제7 전함대 사령관인 레시온 제독은 이로이다 호와 그의 주변에 표류하듯 떠 있는 14척의 함선들을 보며 경악을 금치 못했다.

그는 비록 80척으로 이루어진 전함대를 끌고 왔지만 자신들의 전력이 방금 전 무혼에게 궤멸당한 14척의 마왕 함대에 비해 크게 우월하지 못함을 알고 있었기 때문이다.

유레아즈 마왕과 콘딜로스 마왕의 정예 함대 정도면 어렵지 않게 이로이다 호의 용자 무혼을 제압할 수 있으리라 기대했다. 그래도 그는 그들을 지원하기 위해 아르아브 해역 오르덴 제7 함대를 이끌고 온 것이었다.

Chapter 9

오르덴 제7 함대

'으음! 마족들이 그리 쉽게 당하다니. 믿기지 않는구
나.'

레시온 제독이 사령관으로 있는 아르아브 해역 오르덴
제7 전함대는 노지즈 해역과 아르아브 해역 경계를 누비며
피라타들을 소탕하는 임무를 맡고 있었다. 오래도록 그 임
무를 수행하다 보니 그는 노지즈 해역에 속해 있는 유레아
즈 마왕과 콘딜로스 마왕의 마족들과 친분이 매우 두터운
편이었다.

그러다 보니 그는 얼마 전 아르아브 해역의 오르덴 장로
회에서 용자 무혼을 피라타 명단에서 제외시킨다는 통보를

받았음에도 불구하고 짐짓 모른 척하고 있었다.

시난 항에서 유레아즈 마왕의 딸 리디아와 콘딜로스 마왕의 아들 사티스를 죽이고, 심지어 시난의 물자를 털어가기까지 한 악명 높은 피라타 무혼을 피라타 명단에서 제외시키라니. 그가 생각하기에 장로들이 뭔가에 미쳐도 단단히 미친 게 분명했다.

'제기랄! 장로회에서는 대체 무엇 때문에 그런 말도 안되는 결정을 내린 건지 모르겠군.'

보통 그러한 일은 아르아브 해역에서 오르덴 장로회에 영향을 미칠 만큼 강력한 명성이 있는 누군가가 그들에게 정식으로 재심을 요청했을 때 벌어지는 일이었다. 풋내기 용자라 생각했던 무혼에게 그러한 막강한 배경이 존재할 줄이야.

그때 무혼이 멀리서 레시온을 싸늘히 노려봤다. 레시온이 유독 번쩍이는 옷을 입고 있었고, 그가 타고 있는 기함이 80척의 전함 중 가장 크고 화려한 터라 무혼은 단번에 레시온이 오르덴 함대의 우두머리임을 알아봤다.

"그대가 오르덴 함대의 수장인가 보군. 난 굳이 오르덴들과 싸우고 싶지 않으니 포위망을 풀고 그냥 물러가는 게 어떤가?"

무혼의 음성은 나직했지만 레시온의 함대 전체로 울려

퍼졌다. 레시온은 무혼으로부터 느껴지는 위압감에 당황했지만 애써 눈을 부라리며 대답했다.

"큿! 나는 아르아브 해역 제7 함대 사령관인 레시온 제독이다. 피라타 무혼! 그대는 시난에서 오르덴의 규정을 위반했을 뿐만 아니라 시난의 물자를 훔쳐가기도 했다. 오르덴의 율법에 의하면 그대는 즉결처형감이다."

무혼은 냉소했다.

"능력이 된다면."

그 말에 레시온의 인상이 구겨졌다. 무혼의 말은 능력이 되면 그렇게 해 보라는 뜻이었다. 그 말은 곧 레시온과 아르아브 해역 제7 함대를 무시하는 것이었다.

"크으! 내가 못할 것 같은가?"

"죽고 싶다면 무슨 짓인들 못 할 건 없겠지. 하나 너의 눈빛을 보니 사소한 일에 목숨을 걸만큼 배짱이 있어 보이지는 않는군."

그 말과 함께 무혼은 손을 가볍게 휘저었다. 순간 섬광이 번쩍 일어나며 기함의 선수상이 가루로 변해 버렸다. 레시온의 안색이 창백하게 변했다. 그는 뒤로 움찔 물러나며 몸을 부들부들 떨었다.

'으! 이게 말이나 되는가?'

원거리에서 가벼운 손짓 하나로 선수상을 날려 버릴 정

도라니. 레시온이 서 있는 곳은 기함의 선수상에서 그리 멀지 않은 선갑판 위였다. 그는 무혼이 마음만 먹으면 자신의 목숨 역시 순식간에 사라지게 만들 수 있음을 깨닫고 가슴이 서늘해졌다.

'저런 무식한 놈과 맞서는 건 미친 짓이야.'

그동안 그는 유레아즈 마왕과 콘딜로스 마왕의 부하 마족들에게 적지 않은 뇌물을 먹은 터라 나름대로의 의리를 지키려 했지만, 지금 그따위 의리를 지키다간 그대로 목숨이 사라질 판이었다.

'그래! 내가 목숨까지 걸어가며 마족 놈들과의 의리를 지킬 필요는 없지.'

그는 그 즉시 무혼과 맞서겠다는 생각을 철회했다. 어쩌면 향후 노지즈 해역의 새로운 강자로 등장할지도 모르는 무혼에게 차라리 잘 보이는 것이 더 낫겠다는 판단이 들었기 때문이었다.

"험! 내 말을 끝까지 들어보시게, 용자 무혼. 나는 아르아브 해역의 오르덴 장로회에서 결정한 사항을 그대에게 알려 주러 왔을 뿐, 그대와 싸우러 온 것이 아니라네."

피라타 무혼에서 용자 무혼으로 순식간에 호칭을 바꿔 말하는 레시온이었다. 무혼이 물었다.

"오르덴 장로회에서 어떤 결정을 내린 것인가?"

"그분들은 그대를 피라타 명단에서 제외시킨다고 결정하셨지. 따라서 나는 그 사실을 통보해 주러 온 것뿐일세."

무혼은 뜻밖이라는 표정을 지었다.

"그게 정말인가?"

"물론이네. 그대가 비록 시난에서 마족들을 죽였지만, 그러한 빌미는 마족들이 먼저 제공했으며, 장소 또한 마족들의 아지트에서 벌어진 일이니 그대는 그 일에 있어 무고하다는 판결이 났다네."

"듣던 중 반가운 소리군. 앞으로도 오르덴들이 계속해서 공정한 중립을 지켜주길 바라겠다."

레시온은 끄덕였다.

"큿! 물론 우리 오르덴들은 항상 공정한 중립을 지킬 것이니 염려하지 마시게. 다만 그대가 시난에서 약탈을 자행한 것은 사실이니, 그에 대한 벌금과 배상금은 지불해야 함을 잊지 말게."

"벌금과 배상금?"

"벌금 1만 베카. 배상금 30만 베카로 도합 31만 베카를 내야 앞으로 우리 오르덴들의 항구를 이용할 수 있다는 말이지."

벌금과 배상금치고는 의외로 적은 편이었다. 무혼이 시난의 거래소에서 약탈한 금액은 무려 1백만 베카가 넘었기 때문이다.

게다가 조금 전 유레아즈와 콘딜로스의 함선들에서도 적지 않은 베카를 획득한 터라 31만 베카 정도라면 결코 부담되지 않는 금액이었다.

"조만간 가서 내도록 하겠다."

무혼이 흔쾌히 고개를 끄덕이자 레시온이 문득 물었다.

"그보다 거기 있는 전함들은 어떻게 할 건지 물어봐도 되겠나?"

그 말과 함께 레시온은 유레아즈와 콘딜로스의 전함 14척을 가리켰다.

"그건 왜 묻는 건가?"

그렇지 않아도 무혼은 그것들을 어찌할지 고민하고 있었다. 사실 방대한 진원마기를 가진 그에게 14척의 전함을 집어넣을 만한 주술의 아공간을 만드는 것쯤은 그리 어려운 일이 아니지만, 전함들은 기함 두 척 외에는 그리 쓸모가 있어 보이지 않았다.

그래서 로아탄 베카츠와 최상급 마족 하일로스가 각각 타고 있던 기함 정도만 아공간에 넣어 두고 나머지 12척은 그냥 수장시켜 버릴까 생각하던 중이었다.

그런데 오르덴 제독 레시온이 그것들에 관심을 보이고 있었다. 레시온은 의미심장한 미소를 지으며 말했다.

"나는 자네의 전리품들을 싸게 매입하고 싶은데, 그럴 생각이 있나?"

"기함으로 사용하던 두 척의 전함을 제외한 나머지 열두 척의 함선들은 팔 생각이 있지."

기함들을 팔지 않는다는 말에 레시온은 아쉬운 표정을 지었다. 마족들의 전함들은 오르덴들의 전함들보다 훨씬 뛰어난 성능을 가지고 있었다.

특히 마족들이 함대의 기함으로 사용하는 마왕투함급(魔王鬪艦級) 전함들의 성능은 오르덴 함대의 기함인 승전투함급(勝戰鬪艦級)의 전함보다 훨씬 빠른 속력과 방어력을 가지고 있는 터였다. 현재 무혼이 타고 있는 이로이다 호도 마왕투함급의 전함이었다.

그래도 마전함(魔戰艦) 12척을 얻을 수 있다면 제7 함대의 전력 증진에 적지 않은 도움이 될 것이라는 생각에 레시온의 표정은 밝아졌다. 마족 마전함의 성능은 오르덴 승전함(勝戰艦)의 두 배 이상이기 때문이었다.

"좋아. 그러면 마전함 한 척당 2만 베카 어떤가? 오르덴 항구 어디에 가도 이만한 돈을 받기란 쉽지 않을 거야."

레시온이 사람 아니, 오르덴 좋은 미소를 지으며 거래 금액을 제시했지만 무혼이 마족들의 마전함 한 척당 시세를 어찌 알겠는가. 이런 건 전문가에게 맡기는 것이 현명하다.

무혼은 그 즉시 이로이다 호의 재무장 포르티를 불러 거래를 일임시켰다.

잠시 후 포르티는 의미심장한 눈빛으로 레시온과 마주섰다. 무혼으로부터 이로이다 호의 재무장이라는 직위를 받았지만 사실상 놀고먹는 생활만 하고 있던 포르티로서는 모처럼 자신의 진가를 발휘할 기회라는 생각에 신이 나 있었다.

또한 그는 이미 직속 부하인 오르덴 니클로부터 마전함의 시세에 대해 모두 들은 터라 고작 2만 베카를 거래가로 제시한 레시온에게 잔뜩 벼르고 있는 터였다.

'이 음흉한 놈 같으니! 한 척당 아무리 못 받아도 8만 베카가 넘는 마전함을 고작 2만 베카에 챙기겠다? 완전히 날로 처먹으려 작정했구나.'

레시온의 얼굴을 본 포르티는 그가 어떻게든 마전함을 손에 넣고 싶어 한다는 사실을 간파하고는 의미심장한 표정을 지었다.

"저는 이로이다 호의 재무장 포르티라고 합니다. 아르아브 해역의 저명한 제7 함대 레시온 사령관님을 뵙게 되어 진심으로 영광입니다."

포르티가 한없이 존경스러운 표정을 지으며 말하자 레시온의 입가에 미소가 맺혔다. 그는 다시 오르덴 좋아 보이는 미소를 지으며 말했다.

"험! 만나서 반갑네. 거두절미하고 얘기하지. 마전함 한 척당 2만 베카 어떤가?"

그 말에 포르티는 인상을 싸늘히 굳히고는 대답했다.

"누군가 마전함을 2만 베카에 판다면 저는 이로이다 호의 재무장으로서 예산이 허락하는 한 모조리 매입할 것입니다. 한 척당 최소 10만 베카 이상 남길 수 있는 그 좋은 기회를 놓칠 바보는 아니니까요."

그 말에 레시온이 흠칫 놀라더니 당황하는 표정을 지었다. 그는 설마 드래곤인 포르티가 마전함의 시세에 대해 알고 있을 줄은 몰랐던 것이다.

'빌어먹을! 만만한 녀석이 아니로군.'

그는 한숨을 푹 내쉬고는 포르티를 노려봤다.

"대충 시세를 알고 있다면 어쩔 수 없군. 5만 베카 어떤가?"

포르티의 눈매가 사나워졌다.

"지금 장난하십니까? 최소 시세가 12만 베카인데 고작 5만 베카씩에 사시겠다뇨."

"쿳! 최소 시세가 12만 베카라니 터무니없는 얘길세. 잘 받아야 8만 베카를 겨우 받을 수 있을 뿐이지. 그렇다 해도 저 전함들을 처분하기까지는 많은 시간과 비용이 소모될 거야. 나에게 처분하면 그 모든 비용과 시간이 절약될 테니 5만 베카씩만 받아도 크게 남는 거래 아니겠나? 그 이상의 금액을 원한다면 나로서도 힘들겠군."

레시온으로서는 최대한 양보를 한다는 표정으로 말했다. 만일 자신의 제의에 응하지 않으면 마전함을 매입하지 않을 생각이라는 의사까지 밝혔다.

그로서는 이 골칫덩이인 전함들을 무혼이 끌고 다니기가 결코 쉽지 않을 것이라 확신했다. 특히나 무혼은 마왕들과 전쟁 중이 아닌가? 결코 저 배들을 끌고 가 처분할 만큼 한가로운 상황이 아닌 것이다.

그러나 포르티는 그런 건 전혀 상관할 바 아니라는 듯 그 즉시 거래를 끝낼 기세였다.

"아무래도 거래는 힘들겠군요. 그럼 만나 뵙게 되어 영광이었습니다."

곧바로 돌아서는 포르티를 레시온이 황급히 붙잡았다.

"제길! 그럼 6만 베카 어떤가?"

"11만 5천 베카 정도면 거래할 용의는 있습니다."

포르티는 양보한다는 듯 거드름을 피우며 대답했다. 레시온이 펄쩍 뛰며 외쳤다.

"뭐? 11만 5천 베카? 지금 장난하는가? 정식으로 항구에서 처분해도 8만 베카 이상 받기 힘들다고 했지 않나?"

"글쎄요. 많이 받으면 13만 베카도 받을 수 있다고 알고 있습니다. 11만 5천 베카에서 한 푼도 깎아줄 수 없으니 그렇게 아십시오."

"……"

레시온은 할 말을 잊었다. 그가 아는 모든 것을 포르티가 알고 있을 줄은 몰랐던 것이다.

사실 포르티는 이미 니클에게 마전함에 관한 대부분의 정보를 들은 터였고, 지금도 포르티가 건네준 마법 전성 반지를 통해 니클은 거래에 유용한 정보를 은밀히 알려주고 있었다.

(재무장님, 제7 함대의 사령관 정도라면 마스터 무혼님께 걸려 있는 벌금과 배상금의 액수를 대폭 줄여줄 수 있는 권한이 있습니다. 그걸로 협상을 벌여보는 게 어떻겠습니까?)

니클의 마법 전성을 들은 포르티의 두 눈에 이채가 일었다. 잘하면 벌금과 배상금 31만 베카를 후려쳐 대폭 줄일 수 있을 것 같아서였다.

"흠! 만일 벌금과 배상금을 없는 것으로 해 주면 10만 베카까지 깎아 줄 용의는 있습니다."

"……!"

그 말을 들은 레시온이 의외라는 듯 두 눈을 크게 떴다. 그제야 그는 자신에게 그것을 통해 협상을 벌일 여지가 있음을 깨달은 것이다.

벌금과 배상금은 오르덴 장로회에서 결정되지만, 실제로 그것을 집행하는 집행위원들은 오르덴 함대의 사령관들이다. 직권을 통해 얼마든지 대폭 금액을 줄여줄 수 있었다.

"벌금을 없앨 수는 없어. 하지만 배상금은 줄여 줄 수 있지. 어차피 형식적인 것이라 30만 베카가 아닌 10만 베카만 내도록 해 주겠네. 물론 마전함 한 척당 8만 베카에 판다는 조건이야."

그 순간 포르티의 입가에 흡족한 미소가 맺혔다. 애초에 한 척당 적정가격인 8만 베카를 염두에 두고 있던 터였다. 거기에 배상금 20만 베카를 줄이게 되었으니, 8만 베카로 처분해도 실제로는 한 척당 9만 6천 베카를 받는 것이나 마찬가지였다.

"그럼 9만 베카까지 양보하지요."

그럼에도 불구하고 포르티는 마지막까지 협상가로서의 자세를 잃지 않았다. 레시온의 굵은 눈썹이 꿈틀 움직였다.

"8만 베카. 대신 배상금을 5만 베카로 줄여주지. 이게 내가 할 수 있는 최선이야. 그 이상은 배를 째도 불가능하다네."

그 말에 포르티는 고개를 슥 돌려 무혼을 쳐다봤다. 무혼은 슬쩍 고개를 끄덕여 주었다. 확실히 그만하면 훌륭한 조건이었다.

포르티가 씩 웃으며 말했다.

"흐흐! 그럼 한 척당 8만 베카로 하겠습니다. 열두 척이니 96만 베카 되겠습니다. 벌금과 배상금을 당신에게 납부해도 될까요?"

"물론이네. 벌금 1만 베카와 배상금 5만 베카를 제한 90만 베카를 주도록 하지."

레시온이 눈짓을 하자 오르덴 제7 함대의 재무관이 90만 베카가 담긴 큼직한 상자를 가져다 내려놨다. 포르티가 확인해 보니 상자 안에는 1천이라는 숫자가 적힌 베카가 정확히 9백 개가 들어 있었다.

"금액은 확실합니다. 이로써 12척의 마전함은 제7 함대의 소유가 되었습니다."

포르티의 말에 레시온이 흡족한 미소를 지었다.

"제법 훌륭한 협상 실력이로군. 앞으로 오르덴의 어떤 항구에서도 이로이다 호의 앞을 가로막는 오르덴들은 없을 것이네."

그는 곧바로 고개를 돌려 무혼을 향해 말했다.

"큿! 용자 무혼! 그러면 나는 이만 물러가도록 하지. 멀리서라도 그대와 마왕들의 전투를 눈여겨 지켜보겠다. 부디 다시 볼 수 있었으면 좋겠군. 물론 그대가 마왕들과의 전투에서 패배한다면 두 번 다시 볼 수 없겠지만 말이야."

"우린 앞으로 지겹도록 자주 보게 될 것이다. 그때 가서 서로 얼굴을 붉히지 않도록 오르덴들은 공정한 중립을 지켜줬으면 한다."

"그건 염려 말게. 오르덴들은 돈 안 되는 짓은 절대 하지 않아. 참, 앞으로도 마족들의 함선들은 언제라도 매입 의사가 있으니 필요 없다고 부숴 버리지 말고 꼭 내게 팔도록 하게."

"조건만 맞으면 얼마든지."

"조건이야 맞춰 가면 되는 것 아니겠나. 그럼 좋은 소식을 기다리고 있겠네."

"참, 한 가지 궁금한 게 있어. 갑자기 오르덴 장로들이 왜 나를 피라타 명단에서 제외시킨 것인가?"

레시온은 오르덴 장로회에서 공정한 판결을 내렸다고 말했지만, 무혼은 오르덴들이 아무런 이유 없이 자신에게 호의를 베풀 리가 없다는 생각을 하고 있었다.

레시온이 비릿한 미소를 지었다.

"솔직히 말하면 나 역시 그게 무척 궁금하네. 자네 혹시 어디 뒷배경이라도 가지고 있나?"

"뒷배경?"

"자네의 처사에 대한 부당함을 이유로 아르아브 해역에

서 오르덴 장로회에 압력을 행사할 정도의 힘을 가진 존재라면 최소한 마왕 급은 되어야 하지. 하지만 마왕들이 자네를 변호해 줄 리는 없을 테고, 혹시 정령왕이나 초용족 중에 친하게 지내고 있는 이가 있나?"

그 순간 무혼은 문득 떠오르는 존재가 있었다.

'물의 정령왕 베나토르 슈이!'

정확한 건 나중에 그녀를 만나서 물어봐야 알게 되겠지만, 왠지 무혼이 누나라 부르는 그녀가 힘을 쓴 모양이었다.

'내가 신세를 진 건가.'

뭔가 기분이 묘했다. 무혼은 누군가 이렇게 자신을 챙겨주는 경우는 처음이었기 때문이다.

잠시 후 레시온은 12척의 마전함을 챙겨 아르아브 해역으로 돌아갔고, 무혼은 마왕투함 2척을 아공간으로 집어넣은 후 이로이다 호를 출발시켰다.

촤아아아!

노지즈 해역에 진입한 이로이다 호는 유레아즈 마왕의 마계에 속한 좌표를 향해 힘차게 나아갔다.

*   *   *

한편 유레아즈의 부하인 최상급 마족 아귀프는 무혼이 없는 이로이다 대륙을 정벌하겠다는 야심만만한 포부를 가지고 그가 가진 모든 세력을 총동원해 전속항진 중이었다.

마왕투함 1척에 마전함 2척! 마운선(魔運船) 20척!

마운선은 전함이 아닌 수송용 선박으로 한 척의 선박마다 마물 5천 마리 정도씩 수송이 가능했다.

보통 차원의 해역에서의 해전은 마왕투함이나 마전함 정도가 아니면 위력을 발휘하기 힘들었다. 따라서 마운선은 지금처럼 해역의 속하 세계에 상륙해서 그곳 세계를 정벌하려 할 때나 동원되곤 했다.

최상급 마족이 아귀프를 포함해 3명. 상급 마족이 30명, 하급 마족 5천 명. 마물 10만 마리. 거기에 아귀프를 지원하기 위해 나온 로아탄이 둘이나 있었다.

그야말로 무시무시한 전력이 아닐 수 없었다.

아귀프는 정령계만 무사히 통과할 수 있다면 이로이다 대륙을 쓸어버리는 것은 장난처럼 쉬운 일이라 생각하고 있었다.

'불의 정령왕 나룬은 마왕님과 사이가 매우 안 좋으니 물의 정령왕 아쿠아를 만나서 부탁해 보는 게 좋겠군.'

7천여 년 전 유레아즈와 나룬은 치열한 전쟁을 벌였다. 그 전까지만 해도 둘은 간혹 만나서 카드놀이를 즐길 정도로 친분이 있는 사이였는데 갑자기 무슨 이유로 전쟁을 벌였는지는 알 수 없었다.

전쟁은 매우 치열했다.

유레아즈가 비록 콘딜로스와 함께 노지즈 해역을 양분할 만큼 강력한 세력을 지닌 마왕이라 해도, 불의 정령왕 나룬은 결코 만만한 존재가 아니었다.

결국 둘은 승부를 보지 못했다. 만일 전력을 다해 싸운다면 필경 양패구상으로 끝날 가능성이 높기에 적당한 선에서 서로 물러난 것이기도 했다.

물론 그렇다 해서 서로 화해한 것도 아니었다. 그저 휴전 상태로 지금까지 이어져 온 것이었다.

따라서 아귀프의 함대가 나룬의 영역으로 접근하게 되면 그는 아무런 선전포고조차 없이 아귀프의 함대를 공격해 잿더미로 만들어 버릴 가능성이 높았다.

무어라도 대화를 해 볼 여지가 있어야 협상에 들어가련만, 그것조차 용납하지 않으니 나룬에게는 불가능한 일이었다.

그래서 아귀프는 물의 정령왕 아쿠아에게 희망을 걸어보고 있었다. 아쿠아는 나룬과 절친한 친구이긴 하지만, 당시 나룬과 유레아즈와의 전쟁에서는 중립을 지켰기 때문이다.

물론 그렇다 해도 그는 마족들이 자신의 영역으로 접근

하는 것을 용납하지 않았다. 만일 그의 허락 없이 섣불리 그곳을 지나려 했다가는 아귀프는 물론이요, 10만이 넘는 그의 부하들은 모조리 차원의 바다 속으로 수장되고 말 것이다.

아귀프는 마계의 마족과 마물들이 만든 각종 기이한 세공품들과 노지즈 해역의 각 세계를 약탈할 때 획득한 예술품들, 그리고 정령석 1만 개를 선물로 준비한 터였다.

일설에 듣기로는 물의 정령왕 아쿠아는 예술품 수집이 취미라고 했기에 특별히 그 부분에 신경을 썼다. 절친한 다른 최상급 마족들을 닦달해 온갖 종족의 뛰어난 예술가들이 그린 그림과 조각품 수천 점을 준비해 온 아귀프는 아쿠아가 관심을 보일 것이라 확신했다.

촤아! 철썩! 촤아아아아!

그런데 일순 수면이 사납게 출렁이더니 전방의 수평선 위로 자줏빛의 거대한 해일 비슷한 폭풍이 밀려오는 것이 아닌가?

'헉! 저것은!'

그것을 본 아귀프의 안색이 딱딱하게 굳어졌다.

'크으으! 왜 하필이면 차원풍이!'

차원풍을 피할 방법은 없었다. 아귀프의 함대는 이미 그것에 휘말렸다고 봐야 했다.

물론 마왕투함급의 전함이나 마전함들은 차원풍에 휘말린다고 해도 부서지거나 할 위험은 없었다. 그저 예상할 수 없는 장소로 이동할 뿐이다.

문제는 수성선인 마운선들이었다. 그것들은 차원풍의 가공할 위력 앞에 산산이 부서져 버릴 가능성이 높았다.

"당황하지 말고 모두 대피해라."

아귀프는 마족들에게 그 즉시 선실로 대피하라 명했다. 차원풍에 섣불리 대항하다 그것에 휩쓸릴 경우 어떤 끔찍한 상황이 펼쳐질지 알 수 없는 일이었다.

휘이이이이! 쏴아아아아!

그사이 어느새 다가온 차원풍의 거대한 폭풍이 아귀프의 함대를 덮쳤다.

우지직! 콰콰콰쾅—

아귀프의 예상대로 마운선들은 차원풍의 압력을 이기지 못하고 무참히 부서져 버렸다.

"꾸아아악!"

"끼아악!"

마운선에 타고 있던 마물들은 비명을 지르며 사방으로 날아갔다. 아귀프가 타고 있던 마왕투함과 마전함들도 빙글빙글 회전하며 어디론가 날려갔다.

"……!"

잠시 후 차원풍이 사라지고 바다가 잔잔해졌다. 망망한 바다 위에 아귀프가 타고 있는 마왕투함 한 척만 떠 있었다. 마운선들은 모두 박살 나 수장되었고, 마전함들은 부서지지 않아도 어디론가 다른 곳으로 날아가 버렸을 것이다.

다행히 마왕투함에 타고 있는 정예들은 모두 안전했다. 선체 역시 별다른 타격을 받지 않은 터였다.

"좌표 확인을 해라."

"예, 아귀프 님."

아귀프는 마족 차원 측량사에게 명령을 내렸다. 그는 부디 이곳이 노지즈 해역에서 머지않은 해역이기를 바랄 뿐이었다. 운이 나쁘면 그야말로 수백 년의 시간을 항해해야 돌아갈 수 있을 정도의 머나먼 곳으로 이동해 있을 수도 있었다.

그런데 잠시 후 측량사가 알아낸 좌표는 전혀 뜻밖이었다.

"이곳은 노지즈 해역입니다. 이로이다 대륙이 눈앞에 있습니다."

"뭣이?"

아귀프는 깜짝 놀랐다. 정말로 우연도 이런 우연이 있을까? 난데없이 불어온 차원풍이 그의 마왕투함을 정령계 저편 해역으로 이동시켜 준 것이었다.

아귀프에게는 그야말로 엄청난 행운이 아닐 수 없었다. 비록 차원풍에 의해 마운선 20척을 잃고, 마전함 두 척은 행방이 끊겼지만, 마왕투함은 건재했다. 그리고 마왕투함에 있는 수천의 정예들만으로도 이로이다 대륙의 정벌쯤은 아주 쉬운 일이었다.

"크큿! 이런 행운이 오다니."

아귀프의 입이 헤벌쭉 찢어졌다.

"들어라! 이제 이로이다 대륙을 점령한다. 용자의 모든 것을 파괴한다. 닥치는 대로 죽여라!"

"크카카캇! 명을 받듭니다."

"크크큭! 모조리 죽여 버리겠습니다."

살육이라면 자다가도 일어나는 마계의 마물들에게 마음껏 살육을 펼치라는 명령처럼 신이 나는 일은 없으리라. 상급 마족 20명, 하급 마족 2천 명, 상급 마물 2천 마리로 구성된 아귀프의 정예 부하들은 핏빛 홍채들을 번뜩이며 전면을 노려봤다.

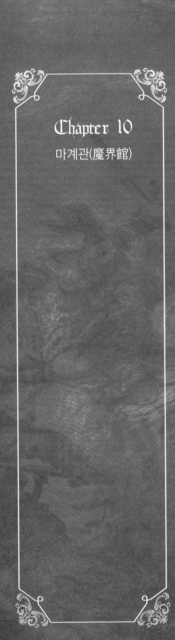

Chapter 10
마계관(魔界館)

츠으으읏!

마나의 빛에 휩싸인 아귀프의 마왕투함이 모습을 드러낸
곳은 짙푸른 바다 위였다. 차원의 기운이 형상화된 바다의
모습이 아닌 실제 물로 이루어진 바다로, 드디어 노지즈 해
역에서 이로이다 대륙이 있는 세계로 들어온 것이다.

마왕의 질문에 공연히 대답을 했다가 하마터면 죽을 뻔
했던 식탐 마족 아귀프로서는 차원풍이 가져다준 행운으로
인해 정령왕들의 간섭 없이 이로이다 대륙에 진입한 것이
여전히 믿기지 않았다. 이게 웬 복인가 싶었다.

'크크크! 이제 이곳이 내 땅이다.'

유레아즈는 아귀프에게 이로이다 대륙을 주겠다고 했다. 물론 아귀프가 이로이다 대륙을 점령한다는 전제하에 말이다.

용자가 없는 이따위 대륙을 점령하는 것쯤은 아귀프에게 매우 쉬운 일이었다. 그 혼자서도 어렵지 않은 일인데, 수천의 부하들도 있다. 게다가 그보다 더욱 강한 능력을 지닌 로아탄도 둘이나 있으니 이로이다 대륙의 점령은 그저 시간문제에 불과해 보였다.

촤아아아!

그런데 바로 그때 마왕투함의 앞을 거대한 물기둥이 가로막는 것이 아닌가?

"이게 뭔……?"

의기양양한 표정을 짓고 있던 아귀프의 두 눈에 경악이 어렸다. 출렁이는 물기둥 사이로 번뜩이는 두 개의 거대한 눈! 그 두 개의 눈에서 아귀프가 감당할 수 없는 가공할 기운이 뿜어져 나오고 있었다.

"네, 네놈은 누구냐?"

"와테르. 용자 무혼 님의 가디언이지. 사악한 마왕의 졸개 따위가 감히 이곳이 어디라고 들어왔느냐?"

물기둥은 다름 아닌 물의 로아탄 와테르였다. 그는 현자 루인과 엘리나이젤의 부탁에 의해 이로이다 대륙을 침입한 마족을 막아선 것이었다.

　루인의 현자로서의 능력은 나날이 증진되어 가고 있던 참이었다. 덕분에 그녀는 유레아즈의 부하인 최상급 마족이 이로이다 대륙에 진입하는 순간 그 즉시 위기를 직감할 수 있었고, 엘리나이젤에게 그 사실을 얘기했다.

　깜짝 놀란 엘리나이젤은 그 사실을 가디언 와테르에게 말하고 도움을 요청했다. 트레네 숲에는 현재 로아탄 가디언이 다섯이나 존재하는데, 그 중의 최강자가 와테르였다.

　엘리나이젤의 부탁을 받은 와테르는 자신이 직접 출전하여 마족들을 섬멸하겠다 말하고 아귀프의 앞을 막아선 것이었다. 아귀프는 손쉽게 점령할 수 있을 줄 알았던 이로이다 대륙에 엄청난 능력의 로아탄이 존재할 줄은 예상도 못했던지라 인상을 찌푸렸다.

　"크으! 제법 강해 보인다만, 네놈 혼자서 우릴 막을 수 있을 것 같으냐?"

　상대는 하나뿐이다. 그러나 마왕투함에는 무려 4천이 넘는 마계의 용사들이 타고 있었다. 아귀프는 그 숫자의 힘을 믿었다.

　"저놈만 쓰러뜨리면 이로이다 대륙은 우리 것이다. 모두 전력을 다해 놈을 공격해라!"

　아귀프의 명령에 마족들과 마물들이 와테르를 향해 우르

르 날아갔다. 마족들과 마물들은 대부분 시커먼 날개를 가지고 있어 수면은 온통 그들의 그림자로 뒤덮였다.

와테르는 가소롭다는 듯 싸늘히 웃었다.

쏴아아!

그의 몸체를 이룬 물기둥이 맹렬히 회전하더니 무수한 수창(水槍)들이 생겨나 마족들을 향해 날아갔다.

쒸익! 쒸이익!

수창들은 마족들과 마물들의 몸을 빛살처럼 꿰뚫고 지나갔다.

"꾸아아악!"

"크어억!"

마족과 마물들은 맥도 못 추고 죽임을 당했다. 심지어 상급 마족들 또한 연이어 날아드는 수창들의 공세를 버티지 못했다.

"끄윽!"

"크아아악!"

제대로 저항도 못 해 보고 무참히 당하는 마족과 마물들을 보고 아귀프는 전신을 떨었다. 그는 와테르가 꽤 강할 거라 예상은 했지만 이 정도일 줄은 몰랐다. 혼자서 수천의 마족, 마물 군단을 쓸어 버릴 정도의 능력이라니!

믿을 수 없게도 아귀프가 믿고 있던 유레아즈의 가디언

로아탄들조차 가루가 되어 흩어져 버렸다.

용자도 아니고 한낱 그의 가디언 따위가 이토록 가공할 능력을 지니고 있을 줄이야. 아귀프는 허탈하기 그지없는 표정으로 갑판 위에 서 있었다.

그런 그의 앞에 와테르가 작은 물기둥의 형상으로 나타나 비릿하게 웃었다.

"보았느냐? 이곳은 너 따위 허접한 마족이 와서 날뛸만한 곳이 아니란다."

와테르의 섬뜩한 기세에 아귀프는 뒷걸음질 치며 어색하게 외쳤다.

"도, 돌아갈 테니 나를 보내 줘라. 두 번 다시 이곳에 오지 않겠다."

"크흐흐! 물론 너는 두 번 다시 이로이다 대륙에 오지 못한다. 죽은 놈이 어떻게 이곳에 다시 오겠느냐?"

그 말과 함께 물기둥에서 큼직한 손들이 튀어나와 아귀프의 머리와 몸을 움켜쥐었다. 그리고 그대로 목을 잡아 뜯었다.

우드득! 우지지직!

"크아아아악!"

물기둥에서 나온 손들은 연이어 아귀프의 몸체를 으스러뜨려 버렸다. 동시에 물기둥에서 또다른 무수한 손들이 튀어나가 마왕투함에 남아 있는 아귀프의 모든 권속들도 모조리 제거했다.

"이거야 너무 싱겁군. 다음번엔 좀 더 강한 녀석들이 오면 좋으련만."

용자 무혼의 가디언으로서 첫 번째 활약을 할 기회라 직접 출전을 했는데, 그가 나서기에는 상당히 싱거운 감이 있었다.

멀리서 구경을 하고 있던 다른 로아탄들이 불만 어린 표정을 지었다.

"형님! 다음부터는 우리에게 양보 좀 하슈."

"해도 너무하는 거 아닙니까? 저따위 하찮은 놈들까지 큰형님이 직접 손보면 우린 어쩌라는 건지."

땅의 로아탄 이아스, 바람의 로아탄 위느드, 불의 로아탄 피르에 등이었다. 그들은 트레네 숲에 위치한 용자의 성을 수호하는 가디언 로아탄들로, 모처럼의 전투 기회를 큰형님인 와테르가 빼앗아 가자 속이 상한 듯했다.

"크하하하! 너무 그러지들 마라. 다음부터는 양보할 테니 어서 전리품을 챙겨라."

와테르는 바다 위에 둥둥 떠 있는 마왕투함을 가리켰다. 바람의 로아탄 위느드가 키득거리며 그것을 휘감았다.

잠시 후 위느드는 트레네 숲의 상공에 도착했다. 거대한

산을 연상케 하는 마왕투함이 상공에 나타나자 엘리나이젤 등은 깜짝 놀라 두 눈이 휘둥그레졌다.

"그 배는 대체 무엇입니까?"

"마족들을 죽이고 획득한 전리품이다. 이제 이것을 어디에 둘지 결정하라, 엘리나이젤."

마왕투함은 바다가 아닌 호수에 내려놓기엔 너무 거대한 전함이었다. 물론 하늘 호수의 크기는 꽤 방대해서 마왕투함을 내려놓는다 해도 그리 부담은 되지는 않겠지만 그래도 흉측한 외양의 마왕투함은 하늘 호수와 왠지 어울리지 않았다.

엘리나이젤은 잠시 고심하다 돌연 미소를 지었다.

"그렇지 않아도 꽤 큼직한 숙소 건물이 필요했는데 잘됐군요. 루즈노드 동부 공터에 내려놓아 주십시오."

트레네 숲 남부 교역 도시인 루즈노드는 이전의 명성을 되찾고 있었다. 이는 엘리나이젤이 당시 루즈노드에서 참사를 당했던 이들에 대한 보상을 모두 해 주었을 뿐 아니라, 향후 교역에 대한 모든 세금을 대폭 감면해 주었기 때문이었다.

엘리나이젤은 마왕투함을 마족들과의 전투에서 승리한 것을 기리는 기념관이자 관광객들의 숙소로 저렴하게 제공하기로 했다. 차원의 바다를 누비는 마족들의 거대 전함이

루즈노드에 전시되어 있다는 소문이 퍼지면 그것을 구경하기 위해 이로이다 대륙 전역에서 관광객들이 몰려올 것은 자명한 일이었다.

잠시 후 위느드는 엘리나이젤의 요청대로 마왕투함을 루즈노드 동쪽 공터에 조심스레 내려놓았다. 전함을 땅 위에 그대로 내려놓으면 기울어져 쓰러지게 되겠지만, 그사이 땅의 로아탄 이아스가 땅을 움푹 파서 배가 들어갈 수 있게 해둔 터였다.

이로써 루즈노드의 동부에는 아주 특이하고 거대한 여관이 생겨나게 되었다. 엘리나이젤은 이 거대한 여관의 이름을 마계관(魔界館)이라고 이름 지었다.

루즈노드 동부의 거대 여관 마계관은 열흘이 지난 후에 정식으로 업무를 개시했다.

이 기이하고 특이한 여관을 처음 찾은 용기 있는 이들은 트레네 숲 동부의 도시 켈쿰에서 온 오크들이었다. 오크지만 인간이나 엘프 미녀 못지않은 아름다운 외모를 지닌 카듀가 그녀의 부하들을 이끌고 포부도 당당하게 거대한 마왕투함의 갑판 위로 오른 것이었다.

"취익! 어서 오십쇼~!"

"크워어! 어서 오십시오!"

"오워어어어! 반갑습니다."

그들을 향해 머리에 붉은 두건을 두른 선원 복장의 거족 수십여 명이 일렬로 정렬해 허리를 숙여 인사했다. 거족들의 앞에는 번쩍이는 백색의 선장 제복을 입은 애꾸 트롤 하나가 트롤 좋은 미소를 띠고 서 있었다.

"우킷! 크크크! 당신들은 마계관에 오신 첫 번째 손님들이시군요. 특별히 특실로 안내해드리겠습니다. 숙박비는 무료입니다."

그 트롤은 다름 아닌 모리스였다. 엘리나이젤이 마왕투함 즉, 마계관의 운영을 맡길 유능한 관리자를 찾는다는 말에 그는 즉시 지원했고, 마계관의 총지배인이 되었다.

지난 열흘 사이 모리스는 마계관의 종업원으로 일하기를 원하는 거족들을 엄선했다. 거족들이라 해서 모두가 다 자이언트 오크 라개드처럼 수련광은 아니었다. 각자가 지닌 취향과 적성이 다르기에, 수련보다는 다른 일을 하며 돈을 버는 데 관심이 있는 이들도 꽤 있었다.

지금 갑판에 도열한 채로 쾌활하고 우렁찬 인사를 날리는 거족들이 바로 그들이었다. 사이클롭스와 자이언트 오크, 심지어 오우거도 있었다. 모두들 모리스에게 손님들을 대하는 특별 교육을 받은 터였다.

그러나 아무리 교육을 받았다 해도 여전히 거족 즉, 초대형 몬스터로서의 포악한 기세가 사라질 수는 없었다. 썩은 미소를 지으며 히죽 웃고 있는 그들의 얼굴을 보며 카듀를 비롯한 켈쿰 상회의 오크들은 긴장을 금치 못했다.

'취익! 오우거가 여관의 종업원이라니, 믿기지 않습니다.'

'취익! 여기서 자다가 잡아먹히는 거 아닌지 모르겠습니다요. 아무래도 다른 곳에서 묵는 것이 좋을 것 같습니다.'

카듀를 향해 그녀의 부하 오크들이 불안한 표정으로 나직이 말했다. 그러나 본래부터 호기심이 강하고 당찬 성격의 카듀는 눈 하나 깜빡하지 않고 말했다.

"겁먹을 것 없어. 트레네 숲의 거족들은 절대 우릴 해치지 않을 거야."

순간 모리스가 그녀의 말을 듣고 빙그레 웃으며 고개를 끄덕였다.

"우키킷! 그렇습니다. 우리는 손님들을 절대 해치지 않습니다. 그리고 절대적으로 보호를 해 드릴 것이니 염려 마시지요."

푸른 제복을 입은 부지배인 암컷 오우거 하디라도 오우거 좋은 미소를 지으며 말을 이었다.

"오호홍! 선미루의 최상층에 위치한 특실로 어서들 올라오세용. 특실 이용자에게는 쾌적하고 널찍한 방에서 푹신

한 침대와 따뜻한 욕실, 고급 레스토랑의 맛 좋은 코스 요리까지 일체가 제공된답니다."

총지배인과 부지배인이 친히 손님들을 특실의 숙소로 안내하며 친절한 접대를 하자 카듀의 부하 오크들은 비로소 안심을 하기 시작했다.

그들에 이어 마계관으로 들이닥친 두 번째 손님 일행은 베라카 왕국의 미카일 용병단 일원들이었다.

"취이익! 어……어서오십쇼!"

"워어어어! 화……환영……합니다!"

어색하지만 인간들의 인사 한두 마디 정도는 교육받은 거족들이었다. 그들이 서대륙의 공용어로 환영 인사를 하자 미카일 단장을 비롯한 용병들은 두 눈이 휘둥그레졌다.

물론 루즈노드에서는 몬스터들이 인간의 말을 한다고 특별히 신기한 일은 아니다. 통역사들 중에는 인간뿐 아니라 코볼트나 오크, 혹은 리자드맨들도 제법 있기 때문이다.

그러나 초대형 몬스터인 거족들이 그런 경우는 없었다. 그들은 그동안 트레네 숲 안에서만 지냈을 뿐, 루즈노드에 모습을 드러낸 적이 드물었다.

그런 거족들이 마계관이라는 기괴한 여관의 종업원들이 되어 손님들을 접대하고 있으니 미카일을 비롯한 용병들로서는 매우 신기한 경험이 아닐 수 없었다.

"우키키킷! 두 번째 손님들인 당신들에게도 오늘은 특별히 무료로 특실을 제공해 드리지요. 일단 묵어 보시고 괜찮으면 소문 좀 많이 내주십시오."

총지배인 모리스가 정중하게 허리를 숙이며 그들을 안내했다. 그는 서대륙 인간들의 공용어를 매우 유창하게 구사하고 있었다. 눈치를 보는 다른 용병들과 달리 미카일 단장은 헛기침을 하며 고개를 끄덕였다.

"험! 그럼 안내하시오. 오늘 묵어 보고 괜찮으면 앞으로 단골이 되어 주겠소."

그러자 모리스가 씨익 웃었다.

"우키킷! 단골이 되시면 많은 특혜를 드리지요."

잠시 후 밤이 되자 마계관의 갑판에서는 투숙객들을 위한 각종 공연이 시작되었다. 거족들의 친구인 엘프들이 초청받아 각종 노래나 춤, 악기 연주 등을 선보였고, 자이언트 오크 라개드는 몇몇 거족들과 함께 나와 권법의 연무 동작을 시연하기도 했다.

그러한 엘프들의 공연이나 거족들의 권법 시연은 다른 곳에서는 볼 수 없는 특별한 것들이라 카듀 일행과 미카일 일행은 지루한 줄 모르고 관람에 빠져들었다.

특히 자이언트 오크 라개드는 투숙객들이 원하면 연습 대련도 해 주는 호의를 베풀었다. 나름 힘깨나 쓴다는 미카일 용병단의 상급 용병들이 라개드와 대련을 펼쳐 보았지만 라개드는 그들의 공격을 가볍게 피한 후 제압해버렸다.

놀라운 사실은 라개드는 대련자들에게 그 어떤 부상도 입히지 않는다는 것이었다. 그것은 라개드의 실력이 대련자들보다 월등히 상위에 있지 않고서는 불가능한 일이었다.

부하 용병들이 모두 패배하자 급기야 미카일 단장도 나섰다. 명색이 특급 용병 출신인 미카일은 어지간한 오우거나 미노타우루스 정도는 능히 쓰러뜨릴 실력이 있었다. 보통의 자이언트 오크는 오우거나 미노타우루스보다 약한 편이니 미카일은 자신이 라개드에게 패배할 것이라 생각하지 않았다.

그러나 결과는 그의 예상 밖이었다. 특급 용병 미카일이 나서자 라개드는 그의 본 실력의 일부를 드러냈다. 무혼이 암흑 마나의 진원을 만들어 주기 이전에도 이미 트레네 숲 모든 거족들 중 최고의 실력을 지닌 그였다.

그런 그가 암흑 마나를 꾸준히 쌓으며 무혼이 새로 알려준 절세무공인 뇌력붕산권(雷力崩山拳)의 초식을 연마했으니 미카일이 어찌 감당할 수 있겠는가.

우르르릉!

귀를 찢는 듯한 우렛소리와 함께 수십 개의 권영이 전방에 형성되는 것을 본 미카일의 안색은 하얗게 변했다. 그는 그 즉시 패배를 인정했다.

'대단하다. 세상에 저런 엄청난 기술이 존재할 줄이야.'

미카일은 자신이 한낱 자이언트 오크 따위에게 패배했다는 사실에 분해하지 않았다. 오히려 그의 얼굴은 감탄으로 물들어 있었다.

라개드는 무척 강했다. 미카일은 자신이 패배한 것이 당연하다 여겼다. 그가 생각하기에 서대륙에 있는 상급 기사들뿐 아니라 난다 긴다 하는 황궁의 근위 기사들 중에서도 라개드를 쓰러뜨릴 수 있는 이들은 몇 명 없어 보였다.

게다가 그가 분해하지 않을 수 있는 또 하나의 이유는 자이언트 오크 라개드의 태도가 너무도 겸손하고 정중했기 때문이다. 대련이 끝나자 라개드는 정중하게 두 손을 모아 앞으로 내밀며 고개를 숙였다.

"취익! 많이 배웠습니다."

발음은 거칠지만 제법 정확한 서대륙 공용어로 라개드는 마치 자신이 패배한 후 미카일에게 가르침을 받았다는 듯 말하는 것이었다. 미카일은 멋쩍은 웃음을 흘리며 머리를 긁적였다.

"하하하! 천만에. 배운 건 나요. 오늘의 가르침 잊지 않겠소."

"취익! 그럼 다음번에도 부탁하겠습니다."

라개드는 빙그레 웃으며 말하고는 물러났다. 이후로도 그는 하루에 한 번 정기적으로 마계관에 들러 투숙객 중 대련을 희망하는 이들의 대련 상대가 되어 주었다.

사실 라개드가 그와 같이 하는 이유는 마계관을 활성화시키고자 하는 모리스의 부탁 때문이기도 했지만, 그 스스로 끝없이 새로운 상대와 겨뤄 보고 싶은 욕심 때문이었다.

물론 대부분 약한 상대들이었지만 보다 다양한 상대와 싸워 보면 혼자서 수련을 할 때에 비해 깨달음을 얻는 바가 많았다. 의외로 평범해 보이는 여행자들 중에서 라개드의 허를 찌르는 무서운 실력을 보여주는 이들도 있었으니까.

리자드맨 검객 아스오스가 대표적인 예였다. 그는 광대한 동대륙의 최남부에 위치한 여러 리자드맨 왕국들 중에서도 손가락에 꼽을 만큼 강한 검객이었다. 여행과 방랑을 워낙 좋아해 방랑 검객이라는 칭호가 붙어 있기도 했다.

방랑 검객 아스오스에게 있어 서대륙과 동대륙이 교통하는 장소인 루즈노드라는 도시는 매우 신기한 곳이었다. 그는 간혹 루즈노드에 방문해 인간들의 무기나 옷, 그리고 향신료 같은 것을 사서 자신의 애인이나 지인들에게 나눠 주기도 했다.

그러던 중 루즈노드 동부에 생겨난 거대 여관인 마계관

에서 자이언트 오크 하나가 투숙객을 상대로 대련을 해 준다는 소문은 아스오스의 관심을 끌기 충분했다.

곧바로 마계관에 투숙한 그는 라개드와 대련을 벌였고, 생애 몇 안 되는 무참한 패배를 경험했다. 그를 가볍게 격퇴시키고도 결코 오만한 태도를 보이지 않은 라개드의 모습에 감동한 아스오스는 라개드를 형님으로 모시기로 하고 마계관에 남았다.

그런 소문은 또 전설처럼 이로이다 대륙의 서대륙과 동대륙으로 퍼져 나갔다. 나름 힘 좀 쓴다는 강자들이 모여들었고, 매일 밤 마계관의 거대한 갑판 위에서는 흥미진진한 결투 대련이 벌어지곤 했다.

그렇게 마계관은 루즈노드뿐 아니라 이로이다 대륙의 명소가 되어 갔다. 또한 불패의 전설을 이어가는 자이언트 오크 라개드는 피스트 마스터라 불리며 많은 이들의 추앙을 받았다.

라개드는 피스트 마스터라는 호칭을 사양했지만 그에게 패배한 이들은 그것이 당연하다 여겼다. 라개드는 속으로 부끄럽기 짝이 없었다.

그는 트레네 숲에만 해도 그가 이길 수 없는 강자가 적지 않게 있음을 알고 있었다. 그야말로 아득한 하늘의 끝에 다다라 있는 로드 무혼을 제외하고도 그의 부하들 중 가디언

이라 불리는 이들은 라개드가 넘을 수 없는 절대 강자들이
었다.

그뿐인가? 숲의 수호 정령 엘리나이젤을 비롯해 언데드
엘프 검객 로다이크 등도 결코 그로서는 감히 어찌해볼 수
없는 무서운 강자들이었다. 알렌 백작과 그의 기사 탈룬도
마찬가지였다.

그들 외에는 라개드가 가장 강하긴 하지만, 최근 들어 그
를 무섭게 추격해 오는 이가 하나 있었다.

다름 아닌 인간 한스.

한때는 로드의 부하들 중 가장 약해서 그 어떤 거족들도
그를 경쟁 상대로 여기지 않았는데, 요 근래 한스는 트레네
숲의 거족들 중 라개드를 제외한 모두를 무참히 패배시킨
무서운 강자가 되어 있었다.

라개드는 그런 한스의 약진을 환영했고, 그에게 뒤지지
않기 위해 더욱 열심히 수련에 매진했다.

한스 이외에도 붉은 머리털의 오우거 적풍과 황금 뿔 미
노타우루스 오스느크 등도 장차 뛰어난 강자가 될 자질이
보였다.

'취익! 부지런히 수련하지 않으면 언젠가 저들이 나를
뛰어넘을지도 모른다.'

라개드는 한스나 적풍과 같은 존재가 있다는 것이 매우

고마웠다. 그들이 있어서 자신에게 현재에 안주하지 않고 더욱 수련을 하겠다는 의지가 생겨나기 때문이었다.

또한 그에게는 분명한 목표가 하나 있었다.

'취익! 나도 언젠가 더욱 강해져서 로드를 따라 차원의 바다라는 곳에 나갈 것이다.'

차원의 바다에 나가기 위해서는 상급 마족을 상대해 이길 수 있는 실력을 갖추어야 한다. 그것이 로드 무혼이 말한 조건이었다.

라개드가 비약적으로 강해지긴 했지만 상급 마족을 상대하기란 아직은 요원했다. 그는 언제고 그 목표를 이루기 위해 오늘도 피 나게 수련에 몰두했다.

그런 라개드의 모습은 트레네 숲에 있는 거족들뿐 아니라 엘프나 인간들이 보기에도 좋은 본이 되어 주었다. 엘리나이젤도 라개드를 보면 항상 만면에 흡족한 미소를 머금을 정도였다.

최상급 소드 마스터가 된 알렌과 하급 소드 마스터가 된 탈룬 역시 그러한 트레네 숲의 분위기에 힘입어 자신들의 실력을 쌓아갔다.

알렌은 장차 그랜드 마스터가 되겠다는 목표를 갖고 있었고, 탈룬은 하급이 아닌 중급, 또한 그것을 넘어선 상급 소드 마스터에 이르고자 했다.

또한 그들 역시 무혼을 따라 차원의 바다라는 곳에 나가
보고 싶은 염원도 가득했다. 특히 알렌의 경우 상급 마족쯤
은 충분히 이길 수 있는 경지였다. 용자와 함께 차원의 바
다를 누비며 마족들과 싸운다는 생각을 할 때마다 그의 피
는 끓어올랐다.

그런데 그렇게 수련에 몰두하는 수련광들과 달리 묵묵히
도시 루즈노드의 제반 운영에만 심혈을 기울이는 이도 있
었다.

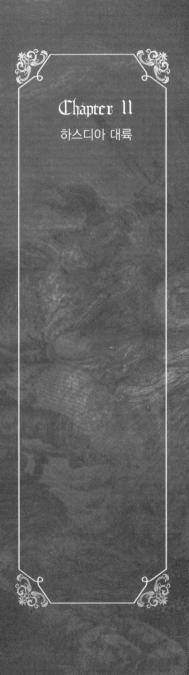

Chapter 11

하스디아 대륙

다름 아닌 로빈.

흑마법사 라사라의 실험용 키메라였다가 현자 루인에 의해 완전한 인간으로 돌아온 로빈은 현재 엘리나이젤의 오른팔과 같은 존재로 갖가지 복잡한 루즈노드의 교역과 세금에 관한 업무를 능수능란하게 수행했다. 그는 성실하면서도 따뜻한 심성을 지니고 있어 많은 이들에게 호감을 받고 있었다.

그러나 로빈의 마음에는 오직 마족 라사라에게 죽은 애인 타리엔만 자리하고 있었다. 트레네 숲 서쪽에 위치한 타리엔의 무덤에 매일 가서 꽃을 한 송이씩 내려놓는 것이 그의 일상 중 하나였다.

그런데 그가 죽은 애인 타리엔과의 추억을 떠올리며 혼자 고독에 잠겨 있는 모습을 언제부턴가 아름다운 엘프 하나가 훔쳐보곤 했다.

그녀는 엘프 소녀 다프니였다. 한때는 암흑과 같은 절망에서 허덕이던 다프니였지만, 이제 그녀의 얼굴에서 그와 같은 절망은 사라졌다. 또한 누군가를 좋아할 수도 있게 되었다. 비록 그 대상이 엘프가 아닌 인간이었지만.

다프니가 로빈을 마음에 두고 있는 것을 알게 된 바람의 상급 정령 실피는 은근슬쩍 로빈에게 가서 그와 같은 사실을 귀띔해 주었다. 다프니가 혼자서 속으로 애태우고 있는 모습이 안타까웠기 때문이었다.

그러나 로빈은 실피가 말하기 전부터 이미 다프니의 눈길을 느끼고 있었다. 놀랍게도 다프니의 외모는 타리엔과 너무도 비슷했다. 특히 푸르고 고요하며 해맑은 눈빛은 타리엔과 똑 닮아 있었다.

그러다 보니 로빈은 일순 마음이 흔들렸지만 선뜻 그녀에게 마음을 열지 못했다.

실망해 하는 다프니를 실피가 위로했다.

'로빈은 머지않아 네게 마음을 열거야, 다프니. 기운 내렴.'

'고마워요. 난 얼마든지 기다릴 수 있어요.'

'흥! 정말 해도 너무한다니까. 이제 그만 죽은 애인은 좀 잊을 때가 됐는데 말이야. 마스터께서 돌아오시면 혼내 주라고 할까 보다.'

그러자 실피의 어깨에서 늘어지게 잠을 자던 붉은 털 고양이 포티아가 장난기 서린 눈빛을 번뜩였다.

'혼내 주는 거라면 내게 맡겨라옹.'

실피가 말릴 틈도 없이 포티아는 번개처럼 달려가서 로빈을 쏘아봤다. 포티아가 비록 작은 고양이 모습을 하고 있지만 그의 본체가 얼마나 무시무시한 존재인지를 알고 있는 로빈은 당장 다프니와 사귀지 않으면 머리털을 홀랑 태워 버리겠다는 협박을 받고 기겁했다.

"셋을 셀 동안 대답 안 하면 네 머리털은 몽땅 사라진다옹. 하나, 둘, 세엣⋯⋯!"

"사, 사귀겠습니다."

로빈은 황급히 대답했다. 억지로 대답한 듯하지만 의외로 우유부단한 성격의 그로서는 지금과 같은 결단의 상황이 주어지지 않았다면 영원히 타리엔만 그리워하며 새로운 사랑을 찾지 못했을 것이다.

그렇게 로빈은 다프니라는 아름다운 엘프와 커플이 되었다. 엘리나이젤을 비롯한 트레네 숲의 일원들은 그들을 축

하해 주었다.

그러나 그런 로빈을 못마땅하게 생각하는 두 인물이 있었으니, 그들은 다름 아닌 알렌과 탈룬이었다. 물론 그들이 로빈을 못마땅해하는 이유는 로빈이 부러웠기 때문이었다.

"어째서 저 녀석은 엘프들에게 저리 인기가 많다는 말이냐?"

"제길! 정말로 엘프들이 왜 저따위 녀석만 좋아하는 건지 모르겠습니다."

여성 엘프들과 친해져 보려고 했지만 뜻대로 되지 않는 그들로서는 타리엔에 이어 다프니라는 아름다운 엘프와 커플이 된 로빈이 그야말로 신통하기 짝이 없었다. 그야말로 머리를 쥐어뜯고 싶을 정도로 부러웠다.

"되는 놈만 되는 건가. 젠장할!"

"정말 불공평합니다."

그리고 보면 있는 놈은 계속 생기고 없는 놈은 항상 없다. 알렌과 탈룬이 생각하기에 세상은 참 불공평했다.

"더 이상 부러워해서 뭣하냐? 가서 수련이나 하자."

그들은 땀나게 수련이나 하기로 했다. 어느덧 날이 어둑해졌고 밤하늘에는 달과 별들이 떠올라 있었지만 그들은 그런 경치를 보기보다 검과 할버드를 휘두르며 수련에 몰두했다. 그런 그들을 멀리서 힐끔거리는 아름다운 여성 엘프들이 있다는 사실도 모르는 채.

*   *   *

촤아아아!

무혼의 이로이다 호는 힘차게 차원의 바다를 갈랐다. 아르아브 해역을 떠나 노지즈 해역에 들어온 이로이다 호는 어느덧 마왕 유레아즈가 장악한 속하 세계 중 하나로 진입했다.

맑고 푸른 하늘 아래 한가로이 떠도는 하얀 구름들. 햇살이 비춰 눈부시게 반짝이는 수면 아래로 온갖 종류의 물고기들이 떼를 지어 지나갔다.

곧이어 나타난 육지는 유레아즈의 제47 마계라 불리는 하스디아 대륙으로 한때는 인간을 비롯해 수많은 종족들이 어우러져 살아가던 곳이었지만, 지금은 마족들이 지배하는 마계가 된 지 오래였다.

포르티와 아그노스가 고개를 갸웃했다.

"음? 여기가 정말 마계냐? 경치만 봐서는 잘 모르겠는 걸."

"그러게. 이로이다 대륙에서 보던 바다와 다를 바 없어."

경치만 보면 마족과는 아무런 관계가 없는 아름다운 보통의 세계 같았다. 마계라 하면 그저 음침하고 컴컴하고 온갖 괴물들만 우글거리는 세계일 것이라 생각했지만, 지금 드러난 경치를 보니 그것은 잘못된 생각인 모양이었다.

'눈에 드러난 광경은 아무런 의미가 없다. 이곳이 마계라는 것이 중요할 뿐.'

이곳 대륙에 마족들이 어떻게 포진하고 있고, 또 그들로 인해 이곳 대륙에 살고 있던 이들이 얼마나 큰 고통을 받고 있는지는 탐사를 해 봐야 알 것이다.

곧바로 대륙의 해안에 큼직한 부두가 하나 생겨났다. 부두 앞쪽으로 커다란 요새도 하나 생겨났다. 드래곤들과 정령 선원들의 능력이 이런 쪽으로는 상당히 뛰어났다.

무혼이 탐사를 하는 동안 푸르카 등은 이로이다 호를 지키는 임무를 맡았다.

사실 이로이다 호가 부서진다 해도 큰 상관은 없었다. 팔찌의 자아인 소옥이 있는 한 무혼은 그 어떤 배로도 차원의 바다를 항해할 수 있었다.

다시 말해 무혼 자체가 움직이는 기지라 할 수 있었다. 무혼이 있는 곳이 기지나 요새가 되고 무혼이 선택한 배가 이로이다 호가 되는 것이다. 유사시를 대비해 아공간에 다른 마왕투함들도 보관되어 있는 상태였다.

그래도 현재의 이로이다 호가 부서지거나 선원들이 죽는 것은 바람직한 일이 아닐 것이다. 특히나 현재의 이로이다 호는 마왕투함을 푸르카 등을 비롯한 드래곤들이 심혈을 기울여 개조한 것이라 아공간에 보관 중인 다른 마왕투함들보다 성능이 좋았다.

사실 무혼이 이로이다 호를 주술의 아공간에 넣어 보관하는 방법도 있지만, 그러면 이로이다 호의 편안한 시설들을 푸르카를 비롯한 선원들이 이용하지 못하게 된다.

또한 이로이다 호에는 무혼의 권속이 된 수천의 마물들도 있는 터라 통째로 아공간에 넣기는 여러모로 무리가 있었다. 그렇다고 마물들을 요새로 옮겨 두는 것도 번거로운 일이라, 그냥 부두에 있는 그대로 두기로 했다.

각성한 푸르카의 능력은 무혼의 가디언 포티아에 버금갈 정도이고, 선원들도 대부분 드래곤과 최상급 정령들로 구성된 터라 웬만한 적들이 나타나도 이로이다 호를 충분히 지킬 수 있었다. 작정하면 이들만으로도 충분히 하스디아 대륙을 장악할 수 있을 정도였다.

다만 로아탄급 마족들이 나타났을 때는 위험한 상황에 처할 수도 있으니, 그때를 대비해 무혼이 푸르카의 마법 전성을 받으면 그 즉시 공간 이동을 통해 귀환할 수 있는 마법진을 설치해 두기로 했다.

차원의 바다에서는 마법 전성이나 공간 이동과 같은 마법을 펼치는 데 제약이 있었지만, 하스디아 대륙에서는 그러한 제약이 없었다.

따라서 공간 이동 마법진을 설치하고 활용하는 것이 얼마든지 가능했다. 푸르카가 마법진을 펼치는 사이 무혼은 마물들을 가둬놓은 선실로 들어갔다.

'마족들을 상대하려면, 마족들에 대해 잘 알고 있는 마물을 하나 수행원으로 두고 있는 것이 좋겠지.'

갑판 아래 가장 밑에 위치한 거대한 선실 즉, 암흑 마나의 주술 결계 속에는 무려 수천 마리도 넘는 마물들이 있었다.

본래는 마왕 콘딜로스의 아들 사티스가 거느리고 있던 마물들이 무혼의 권속이 된 것으로, 그동안 무혼은 그들에게 관심도 갖지 않았다. 그러다 보니 마물들은 강한 마물들을 중심으로 나름대로의 질서를 유지하며 지내고 있었다.

마족들이 상급과 하급 마족으로 나뉘듯, 마물 또한 상급 마물과 하급 마물로 나뉜다. 마족이 마물보다 상위의 존재이기에 대부분의 상급 마물은 하급 마족보다 약한 것이 일반적이었다.

그러나 아주 드물게 마물 중에서도 하급 마족이나 심지어 상급 마족 이상으로 강한 능력을 지닌 이들이 존재했다.

물론 그렇다 해도 태생이 마물인 이상 마족들 위에 군림하기란 불가능했지만.

아무튼 무혼의 권속 중에서도 그러한 마물이 하나 있었다. 수천 마리의 마물들이 상급 마물들을 중심으로 패를 나누어 나름의 질서를 갖추고 있었지만, 특이하게도 그들 모두가 한 마물의 곁으로는 얼씬도 하지 않았다.

마물 피루스.

언뜻 보기에는 잘생긴 인간 남성처럼 보이지만, 그는 인간이 아닌 마물이었다.

피처럼 붉은 머리카락 아래 섬뜩하게 빛나는 흑색의 홍채! 핏기 없는 창백한 피부를 두른 흑색의 멋들어진 가죽옷! 그런데 자세히 살펴보면 그 가죽옷은 피루스의 몸을 두르는 실제 피부 가죽이었다.

또한 그가 결정적으로 인간이 아닌 마물임을 알 수 있게 하는 것이 있었으니, 다름 아닌 꼬리였다. 시커먼 가죽옷의 엉덩이 뒤로 까맣고 늘씬한 꼬리가 기다랗게 뻗어 있었다.

그래도 마물치고는 상당히 인간적(?)으로 보이고, 그런만큼 다른 흉측한 외모의 마물에 비해 전투력이 약해 보이는 피루스가 수천 마리의 마물들 위에 군림하고 있는 것은 무척 특이한 일이 아닐 수 없었다.

스윽.

암흑 마나의 주술 결계 속으로 무혼이 들어가는 순간 그 속에 있던 마물들의 움직임이 마치 시간이 정지된 듯 멈췄다. 그 즉시 그들은 로드를 향한 극도의 경의를 표하는 오체투지의 자세를 취했다.

물론 무혼이 그렇게 하라고 외치거나 어떤 묵시적 명령을 내린 것도 아니었다. 그들 스스로 자신들의 로드가 나타난 것에 놀라 오체투지를 취했다.

무혼은 다른 마물 권속들을 무시한 채 하나의 마물이 있는 곳을 향해 걸어갔다. 그 마물은 다름 아닌 피루스였다.

저벅저벅.

느릿하게 걷고 있는 무혼의 모습을 마물들이 간혹 고개를 힐끗 들어 숨죽인 채 지켜봤다. 피루스 역시 긴장감이 감도는 표정이었다. 그는 무혼이 자신의 앞에 걸어와 멈춰 서자 몸을 부르르 떨었다.

'크으! 이 기운은······.'

피루스가 아주 먼발치에서 봤던 마왕 콘딜로스에 비할 수 없이 강력한 미증유의 암흑 마나가 무혼으로부터 뿜어져 나왔다.

피루스는 자신의 새로운 로드인 무혼이 마족이 아닌 인간이라는 사실을 본능적으로 깨달아 알고 있었다. 그렇기에 인간인 로드가 가진 암흑 마나의 양이 마왕을 오히려 능가하고 있다는 것이 믿기지 않았다.

그러나 그것이 믿기는가 믿기지 않는가는 중요하지 않다. 중요한 건 무혼이 새로운 로드라는 것!

피루스는 자신의 새로운 주인이 이전 주인이었던 사티스보다 훨씬 강한 존재라는 것에 무척 고무되었다. 그는 진심으로 자신의 새로운 주인에게 잘 보이기 위해 노력하기로했다.

"오오! 미천한 피루스가 위대하신 로드를 뵈옵니다."

흡사 수십 개의 서로 다른 인간들이 동시에 외치는 것과 같은 사이한 음성이었다. 만일 보통의 인간들이 피루스의 음성을 들었으면, 소름 끼치는 공포를 느꼈겠지만 무혼은 예외였다. 그는 담담하게 고개를 끄덕이며 말했다.

"나를 따라와라."

"예, 로드."

자신의 로드가 왜 자신을 부르는지 이유는 알 수 없다. 그러나 피루스는 자신을 따라오라는 무혼의 음성이 들리는 순간 수많은 마물 중에서 유일하게 선택받았다는 것에 가슴 벅찬 희열을 느꼈다.

잠시 후 무혼은 마물 피루스와 함께 이로이다 호에서 하선해 미지의 세계인 하스디아 대륙으로 들어갔다.

현재 피루스의 전투력은 어지간한 최상급 마족에 버금가는 상태로, 비교하자면 대략 드래곤 포르티나 아그노스의 수준 정도였다. 마족이 아닌 마물이 이와 같은 능력을 지닌 것은 실로 대단한 일이었다.

그래도 기왕이면 권속의 능력이 강력하면 좋을 것이다. 무혼은 피루스에게 진원마기를 주입했다.

츠으읏!

주술서의 내용에 의하면 마물에게 마기를 무한대로 주입할 수 있는 것은 아니었다. 마물마다 마기를 받을 수 있는 그릇이 있는데, 그 그릇의 크기만큼 마기 주입이 가능했다. 무혼이 생각하기에 그 그릇은 단전과 흡사한 개념이었다.

츠으으으!

피루스의 그릇은 제법 큰 모양인지 최상급 마족 둘 정도가 가진 진원마기를 주입하고서야 가득 찼다. 그래 봤자 무혼이 그동안 마족들에게 흡수한 막대한 진원마기의 기운 중 극히 미량일 뿐이지만.

진원마기를 주입 받자 피루스의 두 홍채가 크게 확대되더니 그의 몸에서 강력한 기운이 뿜어져 나왔다.

"이, 이건!"

피루스는 경악에 잠겨 있었다. 그는 설마 무혼이 자신에게 암흑 마나를 불어넣어 줄 줄은 상상도 못 했다. 놀랍게도 그의 능력은 이전보다 가히 열 배는 더 강력해져 있었다.

무혼이 담담히 말했다.

"놀랄 것 없다. 이제부터 너는 마족들이 있는 곳을 찾아야 한다. 나의 목표는 가장 빠른 시간 안에 이곳 하스디아 대륙에 있는 마족들의 세력을 섬멸하는 것이다."

그 말에 피루스가 납작 엎드리며 대답했다.

"로드시여! 다른 것은 몰라도 마족들을 찾는 것이라면 그 어떤 마물도 저를 따를 수 없을 것입니다."

뜻밖에도 피루스에게는 아주 멀리서도 마족이나 마물을 찾을 수 있는 초감각이 존재했다. 그들이 가진 암흑 마나를 감지해서 그들을 찾는 것이 아니라 그들 자체를 그냥 본능적으로 감지해서 찾아내는 것이었다.

따라서 마족들이 설령 암흑 마나의 기운을 철저히 숨기고 있을지라도 피루스는 그들을 찾아낼 수 있었다. 무혼은 내심 반색했다.

'의외로 쓸 만한 능력이 있었군.'

무혼은 고개를 끄덕이며 말했다.

"좋아. 그러면 가장 가까운 마족이 있는 곳으로 나를 안내해라."

"예! 저를 따라오십시오, 로드."

피루스는 앞으로 쏘아져 나갔는데, 그 속도가 엄청나게 빨랐다. 눈 깜짝할 사이에 멀리 지평선 어름에 다다를 정도였다. 무혼은 가볍게 그 뒤를 따라갔다.

* * *

마왕 강림 1205년 전, 달의 엘프 현자 루빈스가 먼 훗날 하스디아 대륙에 대재앙이 도래할 것이라 예언하다.

마왕 강림 103년 전, 인간 현자 헤나딘이 가까운 장래에 하스디아 대륙에 대재앙이 도래할 것이라 예언 경고하다.

마왕 강림 93년 전, 인간 현자 헤나딘이 마왕과 맞설 영웅인 용자를 육성해야 한다고 강력 주장하다. 하스디아 대륙의 각 종족들이 경쟁적으로 용자 후보를 육성하다.

마왕 강림 73년 전, 하스디아 대륙의 용자 후보들 간 대결이 벌어지고 최후의 승자인 달의 엘프 바드니엘이 하스디아 대륙의 용자가 되다.

마왕 강림 70년 전, 마족들이 하스디아 대륙을 침공하다. 용자 바드니엘이 마족들과 맞서며 최후의 70년 전쟁이 시작되다.

70년 전쟁 동안 용자 바드니엘은 마족들과 일진일퇴를 거듭할 뿐 승리를 거두지 못하다.

마왕 강림 1개월 전, 사태를 방관하고 있던 드래곤들이 용자 바드니엘의 아군으로 합류하지만 마족들을 격퇴시키지 못하다.

마왕 강림 1일 전, 마족들이 다크 포탈을 완성하다.

마왕 유레아즈! 하스디아 대륙에 강림하다.

마왕 강림 1일 후, 용자 바드니엘 전사하다. 드래곤을 제외한 하스디아 대륙의 모든 종족들이 마왕 앞에 무릎을 꿇다.

마왕 강림 2일 후, 하스디아 대륙의 드래곤 로드 베자인카르트 전사하다. 하스디아 대륙의 드래곤들이 마왕의 노예가 되다.

마왕 강림 3일 후, 하스디아 대륙은 마왕 유레아즈의 마계로 병합, 유레아즈의 제47 마계가 되다.

암흑시대가 도래하다.

마왕 강림 208년 후, 머맨 현자 코레스, 먼 훗날 하스디아 대륙을 구할 위대한 용자가 올 것을 예언하다. 마족들이 코레스의 혀를 자르고 그의 몸을 토막 내 구워 먹다.

마왕 강림 589년 후, 오크 현자 노베크, 먼 훗날 암흑시대를 종식시킬 용자가 올 것을 예언했다가 마족들에게 죽다.

마왕 강림 892년 후, 인간 현자 카라라······.

마왕 강림 1276년 후, 달의 엘프 현자 르시엘······.

마왕 강림 1468년 후, 코볼트 현자 다트켄도 용자에 대한 예언을 했다는 죄로 마족들에게 처참한 죽음을 당하다.

이후로 암흑시대가 도래한 지 2074년이 지났지만 용자는 오지 않았다. 그러나 우리 달의 엘프들은 하스디아 대륙을 구할 용자가 반드시 올 것을 믿어 의심치 않는다.

우리 달의 엘프들은 우리의 위대한 선조들인 현자 루빈스, 용자 바드니엘, 현자 르시엘, 또한 수많은 선대 족장들의 유지를 받들어 암흑 속에서 절망에 빠져 있는 하스디아 대륙의 모든 종족들에게 희망을 전할 사명이 있다.

—달의 엘프 족장 소니아—

"받아라. 이후의 내용은 케로닌, 네가 작성해야 돼."

육중해 보이는 큼직한 책을 건네는 소녀 엘프 소니아. 탐스러운 붉은 머리 사이로 반짝이는 그녀의 맑은 두 눈에는 결연한 의지가 가득 차 있었다.

"족장님…… 꼭 가셔야 하나요?"

소니아로부터 책을 건네받은 소년 엘프 케로닌의 두 눈에는 눈물이 그렁그렁 맺혀 있었다. 그는 소니아가 어떤 길을 가려고 하는지 알고 있었기에 슬픔이 극에 달한 터였다.

그녀는 하스디아 대륙의 전설적 종족인 달의 엘프족의 족장이고, 케로닌은 그녀를 제외한 유일한 달의 엘프였다. 달의 엘프족 중 생존해 있는 이는 이들 둘 뿐인 것이다.

"족장님! 가지 말아요. 그건 헛된 죽음일 뿐이라고요."

케로닌은 절규하듯 외쳤다.

빙긋.

케로닌의 질문에 소니아는 환한 웃음을 지으며 고개를 흔들었다.

"나는 죽겠지. 하지만 나의 죽음으로 하스디아 대륙에는 용자에 대한 희망이 생겨날 거야. 나는 암흑 속에서 두려워 떨고 있는 모든 종족들에게 언제고 구원의 빛이 도래할 것이라는 희망을 전해야 돼."

"벌써 이천 년도 더 지났어요. 족장님은 정말로 용자가 올 거라 생각해요?"

"글쎄! 나도 확실히는 모르지. 하지만 이렇게라도 하지 않으면 하스디아 대륙은 영원한 절망에 빠지게 될 거야. 아무런 희망이 없는 영원한 절망 속으로."

"확실하지도 않은 막연한 희망을 전파하는 게 무슨 의미가 있어요? 그건 오히려 기만일 뿐이라고요."

그러자 소니아는 쓸쓸히 웃었다. 그녀 역시 어쩌면 영원히 오지 않을지도 모르는 용자에 대한 희망을 전파하는 일이 다른 사람들을 기만하는 행위일 것이란 생각을 해 보지 않은 것이 아니었다.

"케로닌, 그런 말을 하면 안 돼. 내가 떠나면 넌 이제 달의 엘프족의 족장이야. 장차 너도 용자에 대한 희망을 전파해야 돼."

"싫어요. 난 족장님과 함께 있고 싶어요. 가려면 차라리 나도 데려가세요."

"케로닌!"

순간 소니아가 근엄한 표정으로 케로닌을 쏘아봤다. 그녀의 음성도 차가워져 있었다. 그녀가 화가 나면 얼마나 무서운 존재인지 알고 있는 케로닌은 풀이 죽어 고개를 숙였다. 그는 울먹이며 말했다.

"제발…… 가지 마세요. 나 혼자서 어떻게 살아요?"

그러자 소니아는 잠시 서글픈 표정으로 한숨을 내쉬었

다. 그러나 이내 이를 악물고는 손가락을 들어 한쪽을 가리켰다. 그곳에는 하나의 붉은 꽃봉오리가 맺혀 있는 커다란 꽃나무가 있었다.

"문 엘프 플라워! 언젠가 푸른 달이 뜨는 날 저기서 새로운 달의 엘프가 태어날 거야. 케로닌, 네가 그 아이를 보살펴 줘야 돼. 그리고 그 아이가 자라면 너 또한 지금 내가 가는 길을 가야 돼. 잊지 마. 그것이 너의 사명임을……."

"하지만."

"그럼 케로닌, 널 믿을게."

소니아는 은빛의 하프를 품에 안고 어디론가 사라져 버렸다. 케로닌의 두 눈에 절망이 어렸다.

"소니아 님……!"

달의 엘프들은 문 엘프 플라워의 꽃나무에서 푸른 달이 뜰 때마다 하나씩 태어난다. 푸른 달이 뜨는 주기는 불규칙하기에 그때가 언제인지는 아무도 모른다.

소니아가 떠났으니 이제 케로닌은 언제 뜰지 모르는 푸른 달을 기다리며 자신의 후인이 태어날 날을 기다려야 하는 것이었다. 그리고 후인이 태어나면 달의 엘프 족의 족장으로서 알아야 할 것들을 전해 주고, 족장으로서 마땅히 가야 할 최후의 길을 떠나야 했다.

하스디아 대륙을 구원해 줄 용자가 온다는 것!

그 막연한 희망을 이 어둠이 가득한 마족들의 세상에서 공공연히 선포해야 했다. 물론 그것은 마족들이 가장 싫어하는 일이라 그들을 분노케 한 달의 엘프는 정말로 상상할 수도 없는 끔찍한 고통과 함께 죽임을 당하게 될 것이었다.

그것은 암흑시대가 도래한 지 2천 년이 넘는 긴 세월 동안 현자의 종족이라 불리는 달의 엘프들이 힘겹게 수행해 온 끔찍스러울 만큼 무거운 사명이었다.

어쩌면 정말로 쓸데없는 일인지도 모르지만, 만일 그들이 아니었다면 하스디아 대륙에서 마족들의 통치 아래 절망스러운 삶을 살고 있는 수많은 종족들에게 희망이란 존재하지 않았을 것이다.

그들 덕분에 마족들이 통치하는 이 어두운 세상에서도 하스디아 대륙의 모든 종족들은 언제고 자신들을 구원해줄 용자가 올지도 모른다는 막연한 기대라도 품고 있었다.

케로닌도 그 사실을 잘 알았다. 그러나 이대로 소니아를 혼자 죽음의 길로 보내고 싶지 않았다. 그는 고개를 돌려 문 엘프 플라워를 쳐다봤다.

'어차피 저 문 엘프 플라워가 있는 한 새로 태어난 아이는 누가 가르쳐 주지 않아도 스스로 모든 것을 알게 될 거야. 내가 꼭 이곳에 남아 있을 필요는 없다고.'

케로닌의 두 눈이 이글거렸다. 그는 소니아에게 받은 책을 탁자 위에 내려놓았다.

'나도 소니아 님과 함께 죽을 거야. 그분 혼자 외롭게 죽게 만들 순 없어.'

이곳은 하스디아 대륙의 북쪽에 위치한 카데론 산의 비처였다. 오직 달의 엘프들만 들어올 수 있는 이곳 비처는 하스디아 대륙이 만들어질 때부터 존재했던 신비한 결계로 이루어져 있었다.

마족들은 이러한 비처가 있다는 것을 알지 못한다. 만일 달의 엘프들이 이곳에 계속 숨어 있었다면 마족들에게 죽임을 당할 일도 없었을 것이다.

그러나 달의 엘프들은 때가 되면 하나씩 안전한 비처를 나가 죽음의 길을 떠났다. 그들은 죽을 것을 뻔히 알면서 마족들이 통치하는 도시의 광장이나 마을의 어귀, 혹은 성의 성벽 위에서 용자에 대한 희망을 전파했다.

이제 소니아가 그 길을 떠났다. 비처에 유일하게 남게 된 케로닌도 은밀히 소니아의 뒤를 따르기로 결정을 내렸다. 이를 악물고 비처의 결계를 떠나는 케로닌의 손에는 황금빛의 피리가 들려 있었다.

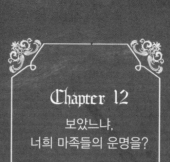

Chapter 12

보았느냐,
너희 마족들의 운명을?

　하스디아 대륙을 장악한 마족들은 인간을 비롯한 하스디
아 대륙의 각 종족들을 모두 멸종시키지는 않았다. 피지배
자가 없는 지배자란 의미가 없기 때문이었다.

　마족들은 자신들의 유희거리이자 사냥감이요, 먹잇감인
피지배자들을 마치 인간이 가축을 키우듯 사육했다. 특히
인간들의 숫자는 지난 이천 년 동안 수없이 늘어난 터였다.

　뿐만 아니라 눈에 보이는 문명의 수준도 이전과 비할 수
없는 발전을 이루었다. 물론 인간 스스로의 노력으로 이룬
발전이 아니라 마족들에 의해 타의적으로 갖춰진 문명일
뿐이지만.

특히 마족들은 인간들이 자의적으로 무언가를 하도록 내버려 두지 않았다. 인간들은 마족들이 허락한 것만 해야 했다. 당연히 강력한 마법과 무공의 수련은 금지 항목에 들어 있었다.

다만 그렇다 해서 수련 자체를 금한 것은 아니었다. 마족들이 보기에 전혀 위협이 되지 않는 아주 저급한 무공이나 마법은 오히려 풀어 주었다. 심지어 아카데미를 만들어 의무교육으로 가르치기도 했다.

그런데 아무리 위협이 되지 않는다 해도 굳이 아카데미까지 만들어 삼류 무공이나 저급 마법을 가르쳤던 이유는 무엇일까?

그것은 당연히 마족들의 유희를 위해서였다. 그들의 장난감이자 사냥감이며, 먹잇감인 인간들이 너무 수동적이며 나약하기만 하면 그들을 사냥하는 재미가 없기 때문이었다.

그러다 보니 마왕 유레아즈 휘하 제47 마계의 마족들은 암중에서 인간들을 지배하며 서로 전쟁을 벌이기도 했다.

그로 인해 하스디아 대륙에는 참혹한 전쟁이 끊이지 않았다. 이유는 없었다. 하나의 전쟁이 끝나면 또 다른 전쟁이 시작되고, 그것이 반복되었다.

물론 드물지만 평화가 지속될 때도 있었다. 지금이 바로 그때로, 그동안 마족들이 유희를 위해 너무 많은 전쟁을 벌여 인간이나 이종족들의 개체 수가 극심하게 줄어들었기 때문이었다.

따라서 당분간 인간이나 이종족들의 숫자가 상당한 개체 수로 회복될 때까지 마족들은 전쟁과 대량 살육을 금지한 터였다.

물론 전쟁과 대량 살육이 없다 뿐이지 도처에서 작은 살육은 많이 벌어졌다. 각각의 마을이나 도시마다 마족들이 똬리를 튼 채 자신들의 방식대로 유희를 즐기고 있기 때문이다.

식탐이 강한 마족이 다스리는 곳의 주민들은 주기적으로 인신제물을 마족에게 바쳐야 했고, 성적 유희를 즐기는 마족이 있는 곳의 주민들은 자신들의 아내와 딸을 마족의 성노로 빼앗겼다.

달의 엘프 소니아가 비처를 떠나 첫 번째로 도착한 마을, 모타레스에서는 매달 한 명의 인간을 마을의 촌장인 마족에게 바치고 있었다.

촌장은 마을 사람들이 보는 앞에서 제물로 바쳐진 인간을 잡아먹었는데, 입맛에 맞지 않으면 제단 앞에 모인 이들 중 많게는 십여 명을 무작위로 골라 죽여 버렸다. '또한 이후로 다시 제물이 바쳐지는 한 달 동안 마을 사람들을 심하게 학대하며 그들에게 고통을 주었다.

그러다 보니 마을 사람들은 촌장이 좋아하는 제물을 바치기 위해 노심초사하지 않을 수 없었다. 문제는 촌장이 좋아하는 제물은 태어난 지 일 년이 되지 않은 어린아이라는 것. 따라서 주민들은 매달 어린아이 제물을 확보하기 위해 집집마다 돌아가며 아이를 낳아야 했다.

일단 결혼을 해서 첫아이가 태어나면 무조건 그 아이는 마족에게 바쳐야 하고, 이후로도 몇 해에 한 번씩 아이를 낳아 바쳐야 하는 식이었다.

자신의 아이를 낳아 마족에게 바치는 그 심정은 얼마나 끔찍할 것인가? 친자식을, 그것도 태어난 지 얼마 안 되는 갓난아이를 탐욕스러운 마족 촌장의 먹잇감으로 바치는 부모의 심정은 이루 말할 수 없이 참담할 것이리라.

그러나 그것을 거부할 경우 자신들뿐 아니라 마을 주민 전체에게 큰 재앙이 임하게 된다. 부모들은 눈물을 뿌리면서도 어쩔 수 없이 아이를 제물로 내주어야 했다.

오늘이 바로 그 날.

신혼부부인 지스와 다니가 첫 아이를 낳은 지 석 달째 되는 날이다. 지스와 다니는 자신들의 품에서 방실방실 웃고 있는 아이를 보며 연신 눈물을 흘렸다.

"미안하다…… 우리로선 어쩔 수 없구나."

"이 엄마를 원망하렴……."

둘은 아이 앞에 무릎을 꿇고 통곡을 했다. 그러다 다니는 문득 아이를 끌어안고 고개를 흔들었다.

"흐윽! 주……죽어도 못 줘요. 이 아이는 안 돼요. 차라리 내가 가서 죽겠어요."

"다니……! 그러면 안 돼."

지스 역시 자신이 대신 죽고 싶은 심정이었다. 정말로 그렇게 돼서 아이를 살릴 수 있다면 그렇게 할 수도 있었다.

그러나 그 경우 촌장이 분노해 마을에 무슨 끔찍한 일을 벌일지 모른다. 실제로 작년에 그런 일을 벌였던 신혼부부가 있었다.

당시 아이를 대신해 아버지가 제물이 되었는데, 분노한 촌장은 일가족을 모조리 죽여 잡아먹었을 뿐 아니라, 눈에 보이는 대로 십여 명도 넘는 마을 주민들을 죽여 버렸다.

또한 이후로 한 달 동안 매일같이 마을 사람들을 온갖 저주로 괴롭혔다. 집을 모조리 부수고 다시 짓게 했고, 심한 피부병으로 고통을 주기도 했다. 그때를 생각하면 정말 끔찍했다.

지스는 자신들로 인해 마을에 그러한 재앙이 임하게 할 수는 없었다. 특히 사랑하는 아내인 다니를 지켜야 했다. 지스는 이를 악물고는 다니의 품에서 아이를 빼앗았다.

"그럼 다녀올 테니 당신은 여기 있으오."

"아, 안 돼요, 제발!"

다니는 지스의 다리를 붙잡고 애원했다. 그녀 역시 지스의 마음을 어찌 모르겠는가. 자신들뿐 아니라 마을 사람들을 위해서라도 아이는 제물로 바쳐져야 했다.

그래야 평화가 오게 된다. 촌장은 제물이 흡족하면 이후로 한 달 동안 매우 인자하게 행동한다. 드물지만 마을 사람들에게 유익한 마법도 펼쳐 주고, 간혹 아픈 사람들의 경우 병을 고쳐 주기도 한다.

아이들의 희생으로 얻어지는 평화지만 마을의 모두는 그것을 바라고 있었다. 다니 역시 자신이 아이를 낳아 보기 전까지는 그것이 당연하다 여겼으니까.

그러나 아이를 낳아 보니 그러한 희생을 받아들일 수 없었다. 스스로 죽으면 죽었지 자신의 아이를 끔찍한 촌장의 요리 재료로 줄 수는 없었다.

"절대 안 돼요. 이 아이는 못 줘요. 차라리 날 죽여요."

그녀는 광기 서린 눈빛으로 아이를 부둥켜안았다. 지스의 눈빛이 흔들렸지만, 그는 이내 억센 팔로 다니의 품에서 아이를 빼앗았다. 그리고 다시 아이를 잡으려는 다니를 밀쳐 쓰러뜨린 후 집밖으로 성큼성큼 빠르게 걸음을 옮겼다.

"아……안 돼요, 지스!"

쓰러져서 절규하는 다니를 뒤로 한 채 지스가 집을 나서자 마을 사람들이 기다리고 있었다. 모두들 측은한 표정을 짓고 있었지만, 동시에 안도 어린 기색이었다. 지스가 혹시라도 아이를 주지 않겠다고 고집을 피우면 매우 곤란한 상황이 벌어지기 때문이다.

"어쩌겠나. 우리 삶이 이런 걸."

"지금은 괴롭겠지만 눈 딱 감고 이 악물면 시간은 금방 지나간다네."

"자네 아이로 인해 앞으로 한 달간 이 마을에는 평화가 도래할 거야. 모두들 그 아이의 희생을 기억할 거네."

위로라고 한 마디씩 했지만 지스에게는 그것이 전혀 위로로 느껴지지 않았다. 그러나 그 역시 다른 사람들이 그들의 아이를 바칠 때 저들과 비슷한 말을 했었다. 그들이 낳은 아이의 희생으로 지금껏 지스도 무사할 수 있었다. 그것은 틀림없는 사실이었다.

'미안하구나. 정말로 미안하구나.'

지스는 미안하다는 말을 수없이 되뇌며 촌장이 기다리고 있는 마을 회관을 향해 무거운 발걸음을 옮겼다.

"지스! 제발!"

그때 문밖으로 뛰쳐나온 다니가 절규하며 아이를 빼앗으려고 하자 마을 여자들이 그녀를 가로막았다.

"다니, 어쩔 수 없는 일이야."

"나도 내 아이를 제물로 바쳤어."

"흥! 너만 괴로운 게 아니야. 알아?"

여자들이 위로조로 하는 말에는 퉁명스러움도 배어 있었다. 그들은 다니가 아이를 주지 않겠다고 버티다가 촌장이 분노하게 되는 상황이 오면 다니를 결코 용서하지 않을 것이다.

그렇게 다니가 마을 여자들에게 가로막혀 따라오지 못하는 것을 지스는 빤히 알고 있었지만 뒤를 돌아보지 않고 걸었다. 슬픔과 절망에 절규하는 다니의 얼굴을 보면 지스 역시 마음이 약해질 것 같아서였다.

잠시 후 마을 회관에 도착하자 회관 앞 넓은 공터에는 연회 준비가 갖춰져 있었다. 기다란 식탁들 위에는 갖가지 과일과 야채, 그리고 술과 고기들이 풍성하게 쌓여 있었다.

그리고 식탁들 앞에는 마치 무대와 같이 커다란 제단이 쌓여져 있었는데, 그 제단 위에는 하얀 옷을 입은 인자한 표정의 노인이 수염을 손으로 쓸며 흐뭇한 표정으로 앉아 있었다. 그가 바로 이 마을의 촌장이었다.

"허허허. 그 아이가 바로 오늘 내게 바칠 제물이렷다?"

촌장은 지스의 품에 안긴 아이를 가리키며 꿀꺽 침을 삼켰다. 지스는 힘없이 고개를 끄덕였다.

"그렇습니다."

"흐흐! 그놈 볼이 토실토실한 것이 아주 먹음직하게 생겼구나. 낳느라고 고생했다. 이리 주거라."

토실토실 먹음직하다? 낳느라고 고생했다? 이 말을 다니가 들었으면 기가 막혀 죽을지도 모른다. 여전히 아무것도 모른 채 아빠 품에 안겨 방실방실 웃고 있는 아이를 보며 지스는 가슴이 끊어지는 심정이었다.

지스가 망설이는 듯하자 촌장의 두 눈에 일순 붉은빛의 흉광이 번뜩였다. 그것을 본 마을 사람들이 지스의 어깨를 치며 말했다.

"지스, 뭐하는가. 어서 촌장님께 아이를 드리게."

"여……여기 있습니다."

지스는 어쩔 수 없이 아이를 촌장에게 넘겼다. 그러자 촌장은 허허 웃으며 아이를 받아 제단의 식탁 위에 놓았다.

"모두 들어라. 오늘은 위대하신 유레아즈 마왕님이 정하신 우리 마을의 축제일이다. 모두를 위해 음식을 준비했으니 마음껏 먹고 마셔라. 오늘의 제물이 매우 흡족하니 앞으로 한 달 후 다음 축제일이 올 때까지 너희들의 움직임을 빠르게 만들어 주겠다."

신체의 움직임을 빠르게 만들어 주는 헤이스트 마법을 모두에게 펼쳐 주겠다는 말이었다. 그 말을 들은 마을 사람들은 환호했다.

"고맙습니다!"

"촌장님의 은혜에 감사드립니다."

움직임이 빨라지면 농사를 짓거나 과일을 따거나, 혹은 사냥을 할 때도 매우 수월해진다. 촌장이 헤이스트 마법을 펼쳐 주는 경우는 매우 드물었다. 그가 아주 기분이 좋을 때가 아니면 그와 같은 번거로운 마법을 마을 사람들에게 펼쳐 주지 않기 때문이었다.

"고맙네. 지스, 자네 덕분이네."

"자네 아이 덕분이야. 수고 많았네."

마을 사람들이 지스에게 와서 고마움을 표시했다. 지스는 멍한 표정으로 고개를 끄덕였지만, 사실 그로서는 그 어떤 위로의 말도 귀에 들어오지 않았다. 그의 두 눈은 제단 위 식탁에 고정되어 있었다.

"으, 으앙!"

조금 전까지 지스의 품에서 방실거리며 울고 있던 아이가 아빠의 품을 벗어나자 뭔가 불안함을 느꼈는지 울기 시작했다. 지스는 당장이라도 아이를 향해 달려가고 싶었지만, 이미 그럴 것을 예상했는지 마을 사람들이 우악스러운 팔로 그의 몸을 붙잡고 연회를 위한 식탁이 있는 곳으로 끌고 갔다.

"으앙!"

식탁의 큼직한 접시 위에서 울고 있는 아이를 촌장은 슥 내려다보더니 꿀꺽 침을 삼켰다.

"허허! 목소리가 우렁차구나. 꽤 싱싱한 녀석이야. 그럼 어디 맛을 좀 볼까?"

날이 시퍼런 식도를 번쩍 치켜드는 그의 입가에서는 침이 질질 흘러내렸다. 그는 더 이상 참기 힘들다는 듯 왼손으로 아이의 머리를 잡고 목을 향해 식도를 내리치려 했다.

바로 그 순간 어디선가 디리링, 하는 하프의 연주음이 들려왔다. 그 소리를 듣는 순간 촌장은 몸이 부르르 떨리더니 입에서 피를 토하며 뒤로 나가떨어져 버렸다.

"으웩!"

촌장은 뒤로 넘어진 즉시 벌떡 일어나 붉은 흉광이 번뜩이는 두 눈으로 한쪽을 노려봤다.

마을의 회관 공터가 한눈에 내려다보일 만한 높은 지붕 위. 그곳엔 붉은색의 머리를 허리까지 내려뜨린 아름다운 엘프 소녀가 푸른색의 하프를 품에 안은 채 오연히 서 있었다.

"네년은 누구냐?"

촌장이 엘프 소녀를 잡아먹을 듯 노려보며 물었다. 그러자 엘프 소녀는 코웃음 치며 대답했다.

"나는 너희 사악한 마족을 징계하기 위해 온 용자의 기사다."

"뭐, 뭣이!"

용자라는 말에 촌장뿐 아니라 마을 사람들도 모두 경악하는 표정을 지었다. 마을 사람들 중 용자가 무엇인지 모르는 이는 없었다. 그들 모두 꿈에서라도 용자가 나타나길 기다리고 있었으니까.

마족들이 용자라는 단어 자체를 금기시켰지만, 그러면 그럴수록 인간들에게 용자는 희망이 되었다. 잊을 만하면 나타나서 용자에 대한 희망을 전하는 달의 엘프들로 인해 벌어진 것이었다.

마을 사람들로서는 지금 저 붉은 머리의 소녀 엘프가 정말로 용자의 기사인지, 아니면 이전처럼 용자에 대한 희망을 전파하러 나타난 달의 엘프인지 알 길이 없었지만, 그래도 알 수 없는 두근거림을 느꼈다.

그들의 가슴은 고동쳤다. 정말로 저 소녀가 용자의 기사라면 얼마나 좋을까?

"큭큭큭! 용자? 용자의 기사는 무슨! 어디서 말도 안 되는 헛소리를 하는 것이냐? 정말로 용자의 기사라면 어디 능력을 보여 보아라."

촌장이 키득거리더니 주머니에서 십여 개의 구슬을 꺼내

지붕 위로 던졌다. 구슬들이 날아가며 시커먼 형상의 마물들로 변해 엘프 소녀를 포위했다.

"키키키키!"

"클클클클!"

도끼와 철퇴를 들고 있는 흉측한 형상의 마물들을 상대하기에는 엘프 소녀가 너무 여려 보였다. 고작 하프 하나를 품에 안고 있는 그녀가 어떻게 저 무서운 마물들을 이길 수 있을까?

바로 조금 전까지 용자의 기사라는 말에 약간의 기대를 가졌던 마을 사람들은 이내 그러한 기대감을 접어 버렸다. 아무리 봐도 가녀린 소녀의 힘으로 저 많은 마물들을 상대하기란 불가능해 보였으니까.

그러나 그들의 우려와 달리 엘프 소녀는 눈 하나 깜빡하지 않았다.

디리링—

그녀의 하얀 손이 푸른 하프의 현 위를 누비는 순간 눈부신 푸른빛이 사방으로 파도처럼 퍼져 나갔다. 마물들은 그 빛에 휩쓸린 순간 먼지처럼 부서져 버렸다. 눈 깜짝할 사이에 십여 마리의 마물을 해치워 버린 그녀는 차가운 눈빛으로 촌장을 노려봤다.

"보았느냐? 너희 마족들의 운명을. 이제 곧 하스디아 대륙을 구원할 용자가 오신다. 하스디아 대륙을 장악한 모든 어둠은 사라지고 모든 종족들은 자유 아래 놓일 것이다."

그러자 촌장이 손으로 수염을 쓸며 말했다.

"그러고 보니 네년은 잊을 만하면 나타나서 성가신 짓을 하는 달의 엘프로구나."

엘프 소녀 소니아가 코웃음 쳤다.

"곧 죽을 놈이 말이 많군. 사악한 마족! 이제 넌 영원히 소멸될지어다."

그녀의 손가락이 하프의 현을 스치자 푸른빛이 거대한 반월(半月)의 형상을 이루어 촌장을 향해 날아갔다. 이는 어지간한 마물은 물론이요, 하급 마족 정도는 가볍게 해치워 버릴 수 있는 그녀의 비기였다.

따라서 그녀는 촌장이 단숨에 가루로 변해 사라질 것을 믿어 의심치 않았다. 큼직한 도시라면 모를까 이런 마을 단위를 장악하고 있는 하급 마족 따위가 자신의 비기를 받아 내기란 불가능할 것이기에.

그러나 그녀의 예상과는 달리 하프가 형성한 반월 형상의 음파는 촌장이 손가락을 튕기자 흔적도 없이 소멸되어 버렸다. 놀라서 눈을 크게 뜨는 소니아를 향해 촌장은 입을 기괴하게 비틀며 웃었다.

"너희 달의 엘프들은 보통 약한 마물이나 하급 마족들이 있는 곳을 주로 노리고 돌아다닌다 들었다. 그런데 왜 하 필이면 내가 있는 곳에 나타났느냐? 작은 마을을 다스리는 마족은 하급 마족뿐이라고 판단했다면 오산이란다."

그 말이 끝나는 순간 촌장의 몸이 흐릿해지더니 그 자리에서 사라져 버렸다. 소니아는 그의 흔적을 찾을 수 없어 당황한 표정으로 주위를 두리번거렸다. 그런 그녀의 귓전으로 음침한 음성이 파고들었다.

"큭큭큭! 가련한 달의 엘프여! 죽을 자리를 찾아온 것을 환영한다."

그 말이 끝나는 순간 그동안 멍하니 상황을 지켜보고 있던 마을 사람들의 눈빛이 일제히 시커멓게 번뜩였다.

"크크크! 미련한 달의 엘프!"

"키키키! 용자 따위는 오지 않는다."

마을 사람들은 광기가 가득한 눈빛으로 소니아를 향해 달려들었다. 그들의 손에는 각종 농기구와 연장이 들려 있었고, 심지어 손에서 마나의 화살과 같은 마법을 펼치는 이들도 있었다.

촌장이 직접 마법을 가르쳤기에 마을 사람들 중 웬만한 이들도 기초적인 마법은 할 줄 알았다. 물론 그것뿐이었다. 마법을 모르는 사람이 볼 때는 대단해 보여도, 하급 마물 하나도 상대할 수 없을 만큼 미약한 수준이었으니까.

그러나 그렇게 미약한 위력이라 해도 수백이 넘는 이들이 동시에 펼친다면 결코 만만하게 볼 수 없었다. 소니아는 안색을 굳히고는 하프를 연주했다.

디리링— 디디디딩—

소니아가 굶주린 모기떼처럼 몰려드는 사람들을 피하지 않고 오히려 차분히 하프 연주를 시작하자 촌장은 고개를 갸웃했다. 그로서는 소니아의 행동이 이해가 되지 않았기 때문이다.

그러나 푸른 하프의 선율이 사방으로 퍼져 나가는 순간 흑색으로 번뜩이던 사람들의 광기 서린 눈빛들이 이내 본연의 색으로 돌아왔다. 오히려 그들은 촌장을 적개심 가득한 눈빛으로 노려봤다.

이는 소니아가 하프의 신비한 선율을 통해 모타레스 마을 사람들의 마음을 일깨워 주었기 때문이었다. 그녀의 연주에는 인간의 마음을 회복시키고, 용자에 대한 희망을 주는 신비한 위력이 있었다.

"잊지 말아요. 용자는 반드시 옵니다. 그때 사악한 마족들은 하스디아 대륙에서 소멸될 것이에요. 부디 희망을 잃지 말아요……."

소니아의 영롱한 음성은 점차 멀어져 갔다. 촌장을 상대하기가 쉽지 않다고 판단한 그녀는 즉시 도주를 선택한 것이었다.

'치잇! 이런 한적한 마을에 상급 마족이 웅크리고 있을 줄은 몰랐네.'

하필이면 첫 번째로 선택한 마을에 상급 마족이 있을 줄이야. 그녀가 보다 많은 사람들에게 희망을 전파하려면 가급적 상급 마족들이 있는 곳은 피해야 했다. 그래서 비교적 자그만 마을을 선택했는데, 운이 나빴는지 그곳 촌장으로 상급 마족이 자리하고 있었던 것이다.

'하아! 하아!'

그녀는 촌장이 자신을 뒤쫓아 오고 있음을 본능적으로 직감하고 있는 힘껏 달렸다. 이렇게 고작 마을 하나에만 희망을 전파하고 죽을 수는 없었다. 최대한 많은 마을에, 보다 많은 종족들에게 용자에 대한 희망을 전파해야 그녀의 희생이 헛되지 않을 것이니까.

그러나 그녀는 더 이상 달리지 못했다. 전면에 거대한 마족 하나가 키득거리며 웃고 있었다.

"큭큭큭! 어림없다. 감히 내 손을 벗어날 수 있다 생각하느냐?"

인자한 노인 형상이 아닌 흉측한 마족으로서의 본체를 드러낸 촌장이었다. 역시나 상급 마족이라 할 수 있는 가공할 기세를 내뿜고 있었다. 소니아는 하얗게 질린 표정으로 뒷걸음질 쳤다.

'아아, 틀렸어. 상급 마족은 나 혼자의 힘으로는 어찌할 수 없는 상대야.'

상대하기는커녕 달아나는 것도 불가능했다. 이대로라면 소니아는 촌장의 먹잇감이 되어 비참하게 사라질 운명이었다.

삐리리리—

바로 그 순간 어디선가 피리 소리가 들려왔다. 잔잔하지만 강렬한 기운을 내포하고 있는 신비한 피리 소리는 소니아가 알기로 오직 한 명만이 연주가 가능했다.

'설마 케로닌이?'

그녀는 놀라 뒤를 돌아봤다. 그곳엔 황금빛 피리를 입에 물고 있는 금발의 소년이 걸어오고 있었다. 케로닌이었다.

"너…… 어떻게 여길? 너 미쳤니?"

그러자 케로닌이 피리에서 살짝 입을 떼고는 웃었다.

"혼은 조금 있다가 내는 게 어때요? 지금은 저놈을 쓰러뜨리는 게 우선이라고요."

그 말과 함께 케로닌은 다시 피리를 입에 물었다. 소니아는 고개를 끄덕이고는 하프의 현들에 손가락을 가져다 댔다. 조금 전 절망스러운 기색과는 달리 촌장을 쏘아보는 그녀의 눈빛은 차갑고도 매서워져 있었다.

디링! 사라라랑—!

삐리리리—!

하프와 피리의 합주가 시작되는 순간 주변의 공기들이 세차게 진동했다.

우우우웅!

소니아와 케로닌이 각각 내는 음파의 위력은 서로 엇비슷하다. 그러나 둘의 합주가 이루어지면 그 위력은 무려 수십 배 이상 증폭이 된다. 이때는 최상급 마족은 몰라도 상급 마족쯤은 충분히 쓰러뜨릴 수 있었다.

"어디서 허튼수작들이냐?"

심상치 않음을 느낀 촌장이 양손을 앞으로 뻗었다. 일순 그의 양손이 거대하게 변해 날아와 소니아와 케로닌을 움켜쥐려 했다. 그러나 그것은 하프와 피리의 합주가 만들어 낸 투명한 음파막에 가로막혔고, 이내 부서져 버렸다.

"크득! 감히!"

촌장은 이를 갈더니 다시 손을 내뻗었다. 곧바로 시뻘건 불길이 그의 손에서 뻗어 나가 소니아와 케로닌을 휘감았다.

화르륵!

이글거리는 태양과 같은 뜨거운 화염이 몰아쳐 왔지만 소니아 등은 당황하지 않았다. 그들은 잔잔한 미소를 지으며 합주에 열중했다.

장중하면서도 비장한 둘의 합주는 다시 음파막을 형성해 화염의 공세를 막았다. 그들을 둘러 둥그렇게 화염의 폭풍이 생겨났지만, 화염의 열기는 음파막을 뚫지 못했다.

팟!

오히려 음파막에서 번개처럼 뻗어 나간 시퍼런 빛줄기가 촌장의 이마를 관통했다. 촌장의 몸이 부르르 떨렸다. 그의 머리가 팍 터져 몸체에서 사라져 버렸다. 몸부림치는 촌장의 몸체를 향해 푸른 빛줄기가 연거푸 몇 번 더 작렬하자, 촌장의 몸체 또한 팍 터져 사방으로 흩어져 버렸다.

"하아!"

"휴!"

상급 마족을 쓰러뜨린 소니아와 케로닌은 비로소 안도의 한숨을 내쉬었다. 곧바로 케로닌을 쏘아보는 소니아의 눈썹이 치켜 올라갔다.

"케로닌! 넌 왜……."

"어차피 가야 할 길, 좀 더 빨리 가기로 결정했어요. 혼자보다는 둘이 함께 가면 겁이 덜 나잖아요."

소니아는 탄식했다. 케로닌의 말대로 그가 있어 그녀는 확실히 겁이 덜나긴 했다. 특히 둘이 힘을 합치면 상급 마족도 두려워할 것 없으니, 앞으로 꽤 많은 곳을 돌아다니며 용자에 대한 희망을 전파할 수 있을 것이다.

"하지만 너까지 이렇게 나와 버리면 새로 태어날 아이는 누가 보호하겠니? 지금이라도 늦지 않았어. 돌아가렴."

"우리 달의 엘프에 대한 모든 지식을 가진 문 엘프 플라워가 있잖아요. 물론 내가 직접 알려 주는 것보다 시간은 오래 걸리겠지만 새로 태어날 아이는 스스로 모든 걸 깨닫게 될 거예요."

케로닌은 손에 든 피리를 꽉 쥔 채 결연한 눈빛으로 말을 이었다.

"그만 가요. 머뭇거리지 말고 하나라도 더 많은 마을을 방문해 희망을 주기로 해요."

"그건 나의 일이야. 돌아가. 아직 넌 죽을 때가 아니야."

케로닌은 코웃음 쳤다.

"장차 나의 일이기도 하죠. 그걸 미리 하려는 것뿐이라고요. 그러니까 날 쫓아낼 생각마세요. 죽는 그 순간까지 소니아 님을 따라가겠어요."

"이 고집 센 녀석! 가만두지 않겠어."

소니아는 못마땅한 듯 주먹을 들어 케로닌의 머리를 쥐어박으려 했다. 케로닌은 슬쩍 고개를 흔들어 그녀의 주먹을 피한 후 달렸다.

"후후, 그럼 다음 마을로 가볼까요?"

"흥! 너 거기 안 서?"

소니아는 케로닌의 뒤를 따라 달려갔다.

한편 그때 무혼은 상공 높은 곳에서 케로닌과 소니아가 달려가는 모습을 지켜보고 있었다.

'놀랍군. 마계로 복속된 지 무려 2천 년이 지났는데도 여전히 마족들에 대항하는 이들이 존재할 줄이야.'

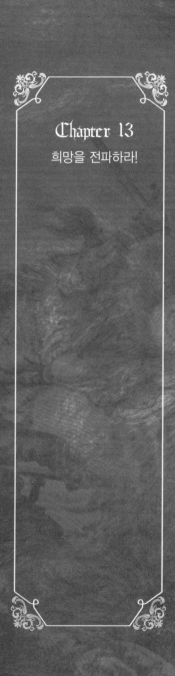

Chapter 13
희망을 전파하라!

마물 피루스가 가장 가까운 곳에 있는 마족의 존재를 감지하고 날아온 곳이 바로 모테라스 마을이었다. 무혼이 막 도착했을 때 촌장과 달의 엘프 소니아의 대치가 시작되고 있었다.

무혼은 한눈에 촌장이 상급 마족임을 알아봤다. 그리고 그가 상공에서 손가락 하나만 살짝 튕겨도 촌장을 흔적도 없이 소멸시킬 수 있었다.

그러나 달의 엘프 소니아가 스스로 용자의 기사라 밝히며 촌장과 대항하는 모습에 놀라 잠시 지켜보았다. 그러다 소니아와 케로닌이 하프와 피리의 합주를 통해 상급 마족을 물리치는 장면에 감동하기도 했다.

무엇보다 무혼은 소니아가 용자에 대한 희망을 사람들에게 전파하고 있다는 데 놀랐다. 그녀는 언젠가 용자가 나타나 하스디아 대륙을 마왕의 손아귀에서 건져 내줄 것이라고 말했다. 그리고 그녀의 하프 연주에는 그러한 희망을 주는 신비한 위력이 있었다.

오래전 유레아즈에 의해 장악된 이 절망의 대륙에서 용자를 애타게 기다리고 있는 이들이 있을 줄이야.

'잘됐군. 저들이 있으니 이 대륙에는 희망이 있다.'

무혼은 사실 하스디아 대륙이 마계화되면서 그곳에 본래 살고 있던 모든 인간이나 이종족들이 모두 마족이나 마물처럼 변해 버리진 않았을까 우려했었다.

만일 그랬다면 이곳 하스디아 대륙을 장악한 상급 마족들을 모두 제거한다 해도 하스디아 대륙은 여전히 마계와 별다를 바 없는 아비규환의 끔찍한 세계로 남아 있을 테니까.

'이제 마음껏 희망을 전파하라. 이후로 그대들을 가로막는 마족들은 내가 제거해 준다.'

무혼은 상공에서 소니아와 케로닌의 뒤를 따라갔다. 소니아 등은 자신들이 그토록 갈구하며 고대하던 용자가 자신들의 뒤를 따르고 있다는 사실을 꿈에도 짐작하지 못했다.

모테라스 마을에서 마족 촌장을 죽인 소니아와 케로닌은 이튿날 코루드 마을에 도착했다. 코루드 마을은 모테라스 마을보다 인구가 두 배 이상 많은 마을로, 중급 마족 셋이 마을을 지배하고 있었다.

중급 마족 셋과 그들의 마물 부하 20마리가 무려 1천여 명이 넘는 마을 사람들의 정신과 육체를 지배하며 학대하는 모습을 본 소니아 등은 분노했고, 그 즉시 전투를 벌여 마족들과 마물들을 마을에서 제거해 버렸다.

이후로 펼쳐진 신비한 선율의 하프 연주로 인해 마을 사람들은 본래 인간의 심성을 회복했고, 용자에 대한 희망을 마음속에 간직하게 되었다.

물론 그들은 달의 엘프들이 말하는 그때가 언제인지 모른다. 그리고 조만간 또 다른 사악한 마족들이 이 마을에 방문해 자신들을 괴롭히게 될 것임도 짐작하고 있었다.

그렇다 해도 그들의 마음속에는 언젠가 용자가 나타나 하스디아 대륙에서 마족들을 모조리 쫓아내 줄 것이란 희망이 피어났다.

코루드 마을을 떠난 소니아와 케로닌은 계속해서 수십여 개의 크고 작은 마을들을 방문해 마을을 장악하고 있는 마족들과 마물들을 죽이고, 용자에 대한 희망을 전파했다.

"후후, 그동안 우리 손에 죽은 마족들이 40마리가 넘어요. 마물들은 수백도 넘고요."

케로닌은 신이 나 있었다. 수십여 마을을 방문하는 동안 그들 앞을 가로막은 마족들은 그와 소니아의 합주 앞에 무력하게 무너져 버렸다. 그야말로 둘은 무적이었다. 그래서인지 케로닌은 마족들이 조금도 두렵지 않았다. 지금 상태라면 마왕이라도 상대할 수 있을 것 같았다.

그런 케로닌과 달리 소니아의 안색은 어두워지고 있었다. 그녀는 자신들이 용케 승리를 거두고 있지만 이제껏 살아 있는 것만 해도 기적이라고 생각했다.

그동안 그들이 죽인 상급 마족만 셋이었다. 다른 마족들을 그것을 지켜보고만 있을 리가 없었다.

'그들이 움직일 때가 됐어.'

최상급 마족이 나타나기라도 하면, 아니 상급 마족이 한 번에 둘 이상 나타나기라도 하면 소니아와 케로닌은 그 즉시 죽임을 당하게 되어 있었다.

사실 소니아의 예측은 정확했다. 그녀는 모르고 있지만 바로 어제 그녀를 죽이기 위해 상급 마족 셋으로 구성된 암살조가 나타났었고, 오늘은 무려 열이 넘는 상급 마족 암살조가 나타났었으니까.

물론 그들은 소니아와 케로닌의 근처로 접근도 하지 못하고 모조리 죽임을 당했다. 그들이 가진 진원마기를 무혼에게 모조리 흡수당하고 영원히 소멸되어 버린 상태였다.

마족들은 앞으로 점점 더 강력하고 많은 마족들을 파견할 것이다. 어느 순간에는 최상급 마족들까지 총력을 다해 공격을 해올 것이다.

그것은 무혼이 바라던 바였다. 귀찮게 찾아다니지 않아도 알아서 마족들이 찾아오니 무혼으로서는 아주 편하지 않겠는가.

그때 잠시 고심에 잠겨 있던 소니아는 한 가지 결단을 내렸다. 마지막이 될지도 모르는 이 여정의 끝을 그녀 스스로 결정하기 위함이었다.

'도시로 가야겠어.'

마을과 달리 도시에는 강력한 마족들이 득실거리고 있다. 상급 마족들은 물론이고 심지어 최상급 마족이 지배하고 있는 곳도 적지 않았다. 따라서 소니아가 도시로 들어가는 건 스스로 죽겠다는 자살행위나 다름없었다.

그래도 마족 암살자들에 의해 길거리에서 허무하게 죽임을 당하는 것보다는 인구가 많은 도시에서 마지막으로 용자에 대한 희망을 전파한 후 장렬히 죽음을 맞이하는 것이 낫겠다는 판단이었다.

소니아는 그녀의 계획을 케로닌에게 말했다. 놀랄 줄 알았던 케로닌은 의외로 담담하게 그것을 받아들였다. 마치 그녀가 그런 말을 할 줄 미리 예상하고 있었던 것 같았다.

사실 케로닌도 겉으로 내색을 안 했을 뿐 자신들에게 죽음이 도래할 것을 어찌 모르겠는가. 그런데도 소니아가 걱정할까 봐 짐짓 쾌활한 모습을 보였던 것이다.

"우리 기왕이면 아주 큰 도시로 가는 게 어때요?"

"좋은 생각이야. 도시 유레피아로 가자. 여기서 그리 멀지 않은 곳에 있어."

유레피아는 하스디아 대륙 중북부 최대 도시로, 오래전 마족들에 의해 지어진 거대 도시 중 하나였다. 놀랍게도 도시 인구가 무려 수십만이 넘는다고 했다. 당연히 그곳을 다스리는 마족은 소니아와 케로닌의 힘으로는 죽었다 깨어나도 이길 수 없는 최상급 마족일 것이다.

그러나 어차피 죽음을 각오한 그들은 두려워하지 않고 유레피아로 향했다. 닷새가 지나 멀리 유레피아의 거대한 건물들이 눈에 보이기 시작했다. 소니아와 케로닌은 서로를 향해 결연한 눈빛을 보냈다.

"케로닌, 이제 마지막이구나. 고마워. 네가 있어 나도 용기를 낼 수 있었어."

"저는 소니아 님 덕분에 정말 행복했어요."

둘은 마지막 인사를 미리 나눴다. 어쩌면 도시에 들어가는 즉시 마족들에게 발각되어 죽임을 당할 수도 있기 때문이었다. 아니, 어쩌면 도시로 들어가기도 전에 죽을 수도 있었다.

그러나 예상했던 바와 달리 도시 진입은 무척 수월했다. 누구도 그들의 앞을 가로막지 않았다. 경비병 마족이 있을 법한 초소는 물론이고 도시의 입구에도 경비병 마족은 없었다. 그것은 매우 기이한 일이었다.

소니아는 왠지 신기하다는 생각이 들었지만 머뭇거리지 않았다. 그녀로서는 도시에 진입하기도 전에 죽지 않을까 노심초사했던 터라 이토록 수월하게 도시에 들어온 것에 무척 기뻤다.

'잘됐어. 이제 사람이 가장 많은 광장을 찾아야 돼.'

그녀는 기왕이면 보다 많은 사람들이 있는 곳에서 하프 연주를 하기로 했다. 그래야 이 도시로 들어와 죽음을 맞은 보람이 있을 것이다.

도시에 광장은 꽤 여러 곳이 존재했는데, 그중에서 소니아는 남부의 광장을 선택했다. 여러 광장 중에서 남부 광장에 번화가가 밀집되어 있고, 가장 많은 사람들이 모여 있었기 때문이었다.

남부 광장에 붉은 머리의 소녀와 금빛 머리의 소년이 나타났을 때만해도 사람들은 그들에 대해 신경을 쓰지 않았다. 모두들 광장 도처에 세워져 있는 마족들의 동상에 경배하며 조용히 광장을 거닐고 있었을 뿐이다.

도시 유레피아에 거하는 인간들은 하루 중 많은 시간을 마족들에게 절을 하며 지내야 했다. 식사를 할 때는 물론이요, 잠들기 전이나 깨어났을 때, 심지어 낮에도 수시로 마족들의 동상을 보며 절했다.

마족들은 인간들의 신이었고, 유레아즈는 신들의 왕이었다. 인간들은 마족들이 원하는 건 무엇이든 해야 된다고 믿었다. 온종일 고되게 일을 해서 그로부터 얻은 것을 모두 마족들에게 바치는 것을 기쁨으로 여겼다.

마족들의 성노가 되는 것을 일생의 기쁨으로 여기기도 했고, 마족들에게 잡아먹히는 것을 영광으로 여기는 이들도 있었다.

심지어 남자들의 경우에는 이십 세가 되기 전에 자신의 팔을 하나 잘라 맛있게 요리한 후 마족에게 바치는 것이 당연한 관습이 되어 있을 정도였다. 그러다 보니 유레피아에는 유독 외팔이 남성이 많았다.

소니아와 케로닌은 유레피아에 처음 와 봤고 이곳의 인간들과 대화를 나누어 본 적은 없었지만, 본능적으로 그들의 상태를 느꼈다. 그것은 그들이 가진 달의 엘프로서의 능력이었다.

'케로닌, 우리가 저들을 일깨워야 돼.'

'알아요. 이제 연주를 시작할까요?'

소니아와 케로닌은 광장의 가장 크고 높은 조각상인 마왕상(魔王像)의 머리 위로 훌쩍 뛰어올라 갔다. 이는 보다 많은 사람들이 자신들을 보게 하기 위함이었다.

디리링—

삐리리리!

곧바로 하프와 피리의 합주가 시작되었다. 순간 광장에 있던 이들의 몸이 부르르 떨렸다. 그저 연주를 들었을 뿐인데 그들의 눈에서 갑자기 눈물이 비처럼 흘러내리기 시작했다.

하스디아 대륙의 전설적 종족이라 불리는 달의 엘프들의 합주에는 마족들의 맹목적인 노예가 되어 살고 있는 인간들에게 인간으로서의 정체성을 일깨워 주는 신비한 위력이 있었으니까.

"유레피아에 있는 마족의 노예들이여! 가련한 인간들이여! 머지않아 하스디아 대륙의 모든 마족들을 쫓아내고 여러분을 자유롭게 만들 용자가 올 것이니 부디 희망을 잃지 말아요."

손가락은 푸른 하프의 현 위를 누비고 있었지만 소니아

의 입은 자신들이 용자의 기사이며, 이제 곧 용자가 올 것이라는 말을 쉬지 않았다.

특별히 증폭 마법을 펼친 것도 아닌데, 그들의 합주는 거대한 도시 구석구석까지 스며들었고, 그 연주를 들은 인간들 중 많은 이들이 남부 광장으로 모여들었다.

당연히 인간들뿐 아니라 마족들도 달려왔다. 인간들은 눈물을 글썽이며 연주를 들었지만, 마족들은 분노가 가득한 표정이었다.

그중 도시 유레피아를 다스리는 최상급 마족 이라퓌스의 분노는 이루 말할 수 없을 정도였다.

츠으읏!

그 즉시 남부 광장의 상공으로 공간 이동한 이라퓌스는 감히 유레아즈 마왕의 마왕상 위에서 발칙한 연주를 하고 있는 달의 엘프들을 사납게 노려봤다.

"끄으읏! 버러지 같은 것들이 미친 게로구나. 여기가 어디라고 이따위 요망한 짓을 하는 게냐?"

화가 잔뜩 난 이라퓌스는 자신이 직접 달의 엘프들을 죽여 없애리라 작정했다.

"크크크! 갈가리 찢어 가장 고통스럽게 죽여주마."

곧바로 달의 엘프들을 향해 달려들려는 이라퓌스의 앞을 시커먼 그림자 하나가 가로막았다. 그와 함께 섬뜩한 음성이 그의 귓전을 때렸다.

"너야말로 가장 고통스럽게 죽여주지."

⟨다음 권에 계속⟩